中公文庫

慟哭の海

戦艦大和死闘の記録

能村次郎

目次

慟哭《どうこく》の海《うみ》——戦艦大和死闘の記録

慟哭の海

「大和」甲板で士官の記念撮影。前列右から６人目が
艦長の有賀幸作大佐（毎日新聞社提供）

天号作戦

昭和十六年十二月八日、われわれは国運を賭《と》し、栄光を夢みて、「大東亜戦争」の開戦に踏み切った。

わが国は一時、第一線を遠くニューギニア、ソロモンに進め、所期の目的を達成するかに見えたが、十八、九年のころにはガダルカナルの争奪戦に敗れ、米軍の反攻に押されて逐次戦線を後退し、サイパン、レイテもまたわれに利あらず、鉾先《ほこさき》はいよいよ本土に迫って来た。

時に昭和二十年三月。

無人島だったとはいえ、本土初の戦場となった硫黄島では、栗林忠道陸軍中将の指揮する第百九師団をはじめ陸海軍将兵二万三千人の守備隊が、米第五艦隊司令長官スプルアンス大将総指揮の攻略部隊に徹底的な攻撃をかけられ、終焉《しゅうえん》に近づきつつあった。

ここに至って帝国海軍は当時の一般状況判断に基づき、同二十日、大海令（大本営海軍部命令）第五一三号で「当面の作戦計画大綱」を発令した。

それは「当面作戦の重点を沖縄航空作戦に置き、航空戦力を徹底的に集中発揮し、進攻米軍主力を撃滅す（本作戦を「天号《てんごう》作戦」と呼称す）。この間極力皇土防衛を強化す」との趣旨の命令であった。また「沖縄に進攻する米軍の大部を洋上に撃破し、沖縄本島の地上防衛軍は、残余の一部上陸に成功せる敵の基地獲得を阻止し『天号作戦』の遂行を容易にする」という方策も明らかに示されてあった。

「天号作戦計画」における陸海軍航空部隊の指揮関係は〝協力〟とのことだったが、すでにその前日、連合艦隊司令長官が統一指揮するという開戦後初の画期的な挙軍体制がとられることに決定しており、陸軍第六航空軍は「天号作戦」に関し、連合艦隊司令長官の指揮下にはいった。

それより早く十七日、わが連合艦隊は「米機動部隊がカロリン諸島のウルシー泊地《はくち》を十四日ごろ出港し、九州方面に進攻しつつあり」という情報を受けた。

この機動部隊に対する作戦について、連合艦隊司令長官豊田副武《とよだそえむ》海軍大将と九州・鹿屋《かのや》を基地とする第五航空艦隊司令長官宇垣纏《うがきまとめ》海軍中将との間に意見が対立、激しい議論の応酬が行なわれた。というのは「天号作戦計画」においては、敵機動部隊が上陸部隊を伴わない場合は攻撃を差し控え、兵力を温存する基本方針であった。これに対し、宇垣五航艦司令長官は、米機動部隊が上陸部隊を伴っているか否かを適時確認することは困難である、確認し得る時期を待つ間に、もしくは上陸部隊を伴っていないことを確認して攻撃を差し控えている間に、敵機動部隊の先制攻撃をかけられ、わが航空部隊は戦わずして、基地において大損害を受けて潰滅《かいめつ》するとの理由をあげ「この米機動部隊を攻撃すべきである」と、豊田連合艦隊司令長官に対し強硬なる意見具申《ぐしん》を行なった。

連合艦隊および大本営海軍部は、ついに宇垣五航艦司令長官の意見に押されて、その決定を宇垣五航艦司令長官に一任した。

宇垣五航艦司令長官は、直《ただ》ちに「戦闘準備」を下令した。このことは先制攻撃を重視する〝海軍戦法〟の伝統のしからしむるところであった。

十七日二十三時、米機動部隊四群を確認し、宇垣五航艦司令長官は直ちに全力攻撃を決意、これを発令した。

十八日三時三十分、五航艦が第一波攻撃を開始した。一方、五時四十分からは、米機動部隊艦上機による南九州および四国方面の連続攻撃が開始された。わが軍はこの日の先制攻撃で、敵空母二隻、戦艦二隻、巡洋艦一隻、駆逐艦二隻撃沈、空母二隻大火災の戦果をあげ得たものと判断した。

十九日、米機動部隊の攻撃は、依然西日本一帯に対して続けられ、五航艦もまた、これに対する反撃を反覆した。二十日、五航艦はさらに都井岬東方百二十浬《カイリ》を南下中の米機動部隊に対し攻撃を加え、エセックス、サラトガ型空母各一隻に大火災を生ぜしめた。同夜さらに攻撃を続行、南下する米機動部隊を見て、敵は甚大《じんだい》なる損害をこうむって南方に退避しつつあるものと判断して、二十一日追撃を行なったが、あにはからんや、わが航空部隊は敵艦上機の反撃にあって全滅するに至った。

この作戦で、五航艦は六十九機の特攻機を含む百九十三機の飛行機を使用し、百六十一機、すなわち精鋭機の八〇％を失い、さらに地上で待機中の五十機を爆破された。一方連合艦隊司令部は、五航艦の報告により、敵に与えた被害は撃沈破空母五隻、戦艦二隻、大型巡洋艦一隻、中型巡洋艦二隻、不詳一隻、計十一隻に達し、このため米軍の東支那海周辺地域に対する次期進攻企図は一頓挫《とんざ》をきたし、その時期は遅延するだろうと判断するとともに、米機動部隊は戦力恢復《かいふく》のためウルシー泊地に帰投するものと断定した。しかし、実際には空母「フランクリン」一隻のみ大破、ほか数隻を小破したに過ぎなかった。

二十三日早朝、沖縄諸島に対し、米機動部隊の攻撃が突如として開始された。大本営はじめ五航艦は、九州沖でのあまりにも見事な戦果に疑念は持っていたものの、相当の戦果を収め得たものと確信していたから、米機動部隊のこの攻撃は、ウルシー泊地帰投の途中、九州沖航空戦においてこうむった大損害に対する腹いせをやっているぐらいの〝甘い〟判断を下した。これよりさき、十九年秋、台湾沖航空作戦の戦果を過信し、米軍のレイテ湾侵入の真企図を誤判断したと同様の過失が、再び繰り返された。

二十五日、沖縄本島南東七十ないし百七十浬の海域に、三群の敵機動部隊が姿を見せ、沖縄本島周辺の米艦船は計七十隻に達した。ここに及んで米軍の沖縄上陸の企図は明確になった。

しかし遺憾ながら、日本軍航空部隊の態勢は、この重要な戦機に応じ得ない状態にあった。すなわち、海軍では本作戦の主役たるべき五航艦は九州沖航空戦において戦力の八〇%を失い、三航艦（司令長官寺岡謹平《てらおかきんぺい》海軍中将）、十航艦（司令長官前田稔《まえだみのる》海軍中将）は、いまだ訓練不足のもの多く、しかもまだ九州に進出しておらず、陸軍第六航空軍（司令官菅原道大陸軍中将）の特攻機の九州転進も進捗《しんちょく》していなかった。

二十五日二十時、豊田連合艦隊司令長官は、「天号作戦」を発令した。

二十六日、米軍は沖縄・慶良間《けらま》列島に上陸した。

四月一日、硫黄島を奪取した米第五艦隊司令長官スプルアンス大将を総指揮官とする艦船一千三百十七隻、艦載機一千七百二十七機、兵員四十五万一千八百六十六人という「沖縄攻略軍」が島の西方海面にあらわれ、八時三十分、沖縄中央部、北、中の両飛行場正面の嘉手納《かでな》海岸に上陸を開始した。そして、わが沖縄守備軍の抵抗ほとんどないまま、その日の夕刻には、早くも北、中飛行場を占拠してしまった。

連合艦隊は、米軍が北、中飛行場の使用を開始する前に、米軍に大損害を与えて戦勢を有利に展開する作戦をたて、四月五日、第三十二軍（沖縄軍）地上総反攻と相呼応して航空総攻撃を実施することとなった。（この作戦は「菊水《きくすい》一号作戦」と命名された）

豊田連合艦隊司令長官は、さらに、残存海上部隊の主力――戦艦「大和《やまと》」、巡洋艦「矢《や》矧《はぎ》」および駆逐艦八隻を有する第二艦隊（司令長官伊藤整一海軍中将）をもって〝海上特別攻撃隊〟を編成し、沖縄米軍泊地に突入せしむる決意を固めた。

月月火水木金金……

「天号作戦」が発令される三月中旬のころ――。

戦艦「大和」は、広島湾内、呉《くれ》軍港一番沖の大型浮標に繋留《けいりゅう》されていた。

排水量六万九千余トン、菊のご紋章輝く艦首から艦尾までの長さ二百六十三メートル――、外舷《げん》を銀白一色に塗装し、すこし中ぶとりだが、ものものしい火器でかためられた〝浮かぶ要塞《ようさい》〟といった雄姿を、波の上に悠々《ゆうゆう》と横たえていた。

さる十九年十月末、レイテ沖海戦において、艦首左舷《ひだりげん》水線に受けた航空魚雷被害と主砲第一砲塔直前の前甲板に受けた爆弾被害の修理のため、同年十一月二十四日、呉海軍工《こう》廠《しょう》の第四船渠《せんきょ》に入渠。この一月三日に修理整備が終了。「大和」が世界に誇る四六センチの主砲や対空レーダーなどの兵器、機関の調整、米、野菜、肉などの糧食需品の補給もすんで、岸壁を離れたばかりで、次なる命令を待ちわび、満を持していた。

この間一度だけ、超高々度で偵察に来たと思われる敵B29一機を認めたことがあったほかは、至って平穏で、灯火管制のため夜の町並みが暗いのと、在泊艦船が少なくて海上がさびしいぐらいで、平時とほとんど変わらない平和な空気であった。

春の早いこの地方では、桜もすでに満開を過ぎ、吹く風も暖かく、艦上の生活も至って快いものであった。

しかし、戦況は日一日とわが軍に不利で頽勢《たいせい》おおうべくもあらず、敵機による本土空襲も激しくなっていた。

わが海軍水上部隊も、レイテ沖海戦で僚艦「武蔵《むさし》」はじめ、過半の艦船を失い、戦艦で残存しているのは「大和」、「長門《ながと》」、「榛名《はるな》」の三隻ぐらいというありさまで、かつて無敵を誇ったわが連合艦隊も昔日のおもかげはなかった。

健在の「大和」も、いずれは、遠からず運命を決する重大機に逢着《ほうちゃく》するであろう。今日までは世界最強、不沈不敗の信念のもと、悲観的空気の微塵《みじん》もなかった艦内にも、いつとはなく落ち着かぬ、というよりはざわめいた気分が漂うようになってきたのも無理からぬことであった。

われ言わず、人も語らず、ただ以心伝心、その気配を察して皆それとなく最期に臨む決意を胸に秘め、私用の品をまとめて家郷へ送る者、郷里から妻子を呼び寄せて最後の別れを告げる機会を待つ者など、時迫るの感を深くするものがあった。

三千人もの乗り組み員がいると、家庭の事情もさまざまである。私情にわたって事を処理してはいけない秋《とき》ではあるが、特殊な立場の人もあるかと考え、各分隊長（大尉）に命じて事情を調べさせた。しかし、かような事態に立ち至っておりながら、だれ一人として、退艦を申し出るような者はなかった。

うららかな明るい春の陽気に引きかえ、心中重苦しい焦燥感をいだかずにはいられなかった。

そんな空気のなかで、毎日の日課だけはきちんと守られていた。

軍港在泊中は、対敵警戒の必要度合いも低いので、軍艦例規で定められた一般日課を施行する。この軍艦日課は、すべての艦船共通のもので、もちろん夏冬、曜日で違いはあるが、だいたい六時総員起床、体操、甲板掃除、室内片づけ、七時朝食、続いて〝日課手入れ〟と称する居住甲板のぬぐい掃除および兵器手入れを行なう。

九時十五分就業、十一時半まで各種の整備作業、兵器機関の調整手入れ、もしくは訓練を行ない、十一時四十五分昼食をとる。

午後は、午前同様、十三時十五分始業、十五時半終業。そして、十五時四十五分より約一時間、特別の作業がない限り、体操、相撲、柔剣道等の体育が行なわれる。この体育は、分隊長指導のもとに分隊ごとに行ない、当直員以外総員参加する。終わって十七時夕食。

夕食後は十九時半まで自由時間で、その間、私用を達し休息する。日を決めて入浴を許可し、酒保《しゅほ》から各自の希望に従って菓子類、かん詰め等を買って食べることも許される。十九時半〝甲板掃除〟と称して室内を片づけ、甲板を掃除整頓《せいとん》し、寝具を用意して就寝の準備をする。

二十時「巡検《じゅんけん》」。

この「巡検」というのは、乗員すべてが就寝したときの艦内の状態を副長が当直先任衛兵伍長の先導で、甲板士官、各科の掌長を連れて見回り、異状の有無を艦長に報告することであって、一日を締めくくる大切な日課の一つである。ここで先任衛兵伍長というのは、乗り組み下士官兵の最先任者で、分隊長である大尉の衛兵司令を補佐して艦内取り締まりに当たり、また下士官兵の日常万端の面倒を見る役である。甲板士官は副長直属の中尉の若い士官で、副長の手足となり、艦務の遂行を監督し躾《しつけ》を指導する役。掌長とは、掌砲長、掌通信長、掌機長など各科で主として兵器、需品などの出納管理に任ずる下士官兵出の老練なる士官のことである。

「巡検」中は、衛兵、掃除当番、当直員のほかは、すべて静粛に就寝状態にあることを要求され、もしこれにそむいて立ち歩いているのを発見されると、ただでは済まないことになる。

「巡検」において艦内各部を見回ることは、欠かすことのできない副長の任務の一つであるが「大和」のように見回る甲板が数層にわたり、数十の区画、倉庫、作業所があると、定められた通路を回るだけでゆうに一時間はかかる。それに、私はこの時間を利用し、主として保安上の見地から訓練の方法として、時折り一部分で突然火災場所を指示して火災訓練を行なったり、消灯して警急呼集を命じたりして歩いたので、時に二時間を要することもあった。

艦内を回り終わって元の位置に戻ると、翌日の日課を示達し「巡検終わり」、「煙草盆《たばこぼん》出せ」を令してすべての作業の終わりとなる。以後、朝の「総員起床」まで、他人の睡眠を妨げない限り、自由に私用を達してさしつかえない。海軍生活を経験した人ならば、一日の激務を終わり、床にはいって聞く「巡検ラッパ」、「巡検終わり」、「煙草盆出せ」には、哀愁と安堵《あんど》を兼ねた、当時の快い思い出がわくはずである。

敵に対して警戒を要する港湾に碇泊《ていはく》する場合、あるいは航行中は、「艦内哨戒《しょうかい》配備」と称して、その日の日課作業にかかわらず、全員を二直、三直、四直等に分けて、兵器に配員し、即時戦闘開始の態勢をとって待機する。この場合、警戒状態にある砲銃は、必要に応じ、間髪を入れず発砲可能である。「配置につけ」の号令、発砲の第一音で、総員配置につくことはもちろんである。予告なしに随時行なう猛訓練の結果、「大和」においては、全照明灯を消灯した状態において、総員配置につくのに要する時間は約一分半に縮めることができた。このように平和な〝艦隊勤務〟も、時には敵機に乱された。

十九日、突然、呉、広島に敵艦載機来襲、「大和」も柱島沖でこれと交戦、わずかな時間だったが、久しぶりに対空砲火の火蓋《ひぶた》を切り、思い切って撃ちまくり、敵機を撃退した。「大和」には何の被害もなかった。

連合艦隊命令

三月二十四日、連合艦隊司令部から、「出撃準備命令」が来た。

出撃方面にはふれてないが、たぶん沖縄だろうと思われた。艦長有賀幸作《あるがこうさく》海軍大佐の発意で、二十五日から四日間にわたり、全乗り組み員を交代で短時間の自由上陸を許可することになった。

総員三千三百余名、過半は二十代の青年、二十歳以下の少年兵も百名近くいた。ここには三千三百余の〝人生〟があった。

皆、最後の上陸と覚悟していたので、家庭の始末はもちろん、かねてから厄介になっていた先へのあいさつ回りから借金の始末まで、互いに注意し合って片づけた。

久しぶりの、そしてわずかな時間の上陸であるうえ、夜は二十一時上陸栈橋発の定期便での帰艦なので、遅れる者があることを心配して、毎夜、私自身栈橋まで迎えに出た。

栈橋は灯火管制下の暗さなので、顔も姿も定かでないが、別れを惜しむ家族や親しい知人でいっぱいの人。ふだんなら夜間一般人のはいれない海軍専用地域の上陸場、きっと衛門哨兵《しょうへい》の厚意からなのだろう。

「では、行ってまいります」、「あとはよろしくお願いします」——若い元気な声がくらやみにこだまする。ありきたりの、聞きなれた言葉のやりとりではあるが、時が時だけに千万無量の思いがみなぎっていた。苛烈《かれつ》な戦局下、軍人として当然のことであるとはいえ、その心の内を察すると頭の下がる思いがする。

最後の上陸は、数々の話題を生んだ。

新婚早々の司令部付き軍医長石塚一貫軍医少佐は、自分の上陸時間に折りあしく盲腸炎患者が発生、急遽《きゅうきょ》その手術を行なったため、許可された時間内に上陸することができず、遠路はるばる呉までかけつけ、旅館で待つ十八歳の新妻に最後の別れを告げることができなかった。代わってもらうつもりなら代わってくれる人は何人もあったはずなのに、旺盛《おうせい》な責任観念がそれを許さない。

また、呼び寄せた家族が上陸時間に間に合わず、むなしく帰艦した者も数多い。郷里が遠い者の一人、郷里と呉との中間駅で家族と落ち合う計画を立てたのはよかった。しかし、両方の汽車の都合で対面時間はわずか十五分しかないのに、家族が待ち合わせ場所を間違えたため、ついに会えずに帰る不運の人もあった。

私も上陸をしなかった一人であった。

艦内においては、艦長も副長も交代者のない職務であるが、とくに「大和」艦長は、世界最大の巨艦を預かり一旦《たん》緩急の場合、完全に全戦力を発揮させる責任を負うもので、わずかの間に勝負の決まる海上戦闘では、艦長の性格、技倆《ぎりょう》、体力がそのまま、艦の運命、ひいては全乗り組み員の死活に直接反映する。

その点、副長は、碇泊《ていはく》中、日課作業の施行から糧食需品の搭載《とうさい》補給の総合計画指導、人事、休養保健の配慮、食事、上陸の世話監督に至るまで、なかなか忙しくはあるが、いわば艦長補佐の立場にあるもので、副長の職務そのものが、直接戦闘力発揮に影響するものではない。であるから、艦長には、陸に上がって安心してできるだけ休養をとっていただき、その間、私が艦に残って、万一に備える所存であった。また、副長が艦内にとどまることによって、若い士官の数人が代わりに上陸でき、最後となるであろう故国の土を踏むことができる。このことを思えば、私は上陸しないことが何ら苦痛とも思われなかった。

三月二十六日、果たして米軍が、沖縄・慶良間《けらま》列島に上陸を開始した。

急に緊張してきた空気のなか、自由上陸最終日の二十八日正午ごろ、艦長室前の通路を通ると、出てこられた艦長に呼び止められた。

「副長――」、大佐の襟章《えりしょう》をつけた黒詰め襟の一種軍装に身をつつんだ艦長は、一呼吸おいて「本艦は明二十九日十五時出港、三田尻《みたじり》沖に向かうことになった」といわれた。

いよいよ出港である。呉より内海西部の三田尻沖へ移動するのは、出撃の際、豊後《ぶんご》水道を一気に南下できるためであろうか。とはいえ巨艦「大和」が外海に出られる水路は、いずれにしても豊後水道しかない。

当時、連合艦隊でも第二艦隊でも「大和」の行く末についていろいろ論議がかわされていた。一つは、貧弱ながらまだ艦隊として編成ができるうちに、敵を求めて太平洋に出撃させ、敵艦隊にひとあわふかせるというもの。もう一つは、直掩《ちょくえん》の飛行機も少ない現状で出撃すれば、いたずらに敵艦上機の猛攻をうけ、敵艦隊と渡り合う前に大被害を受けるに過ぎない。それよりは、いったん日本海に避退して時機を待つ、生死はもとより問題ではない、しかし、絶対戦果を期待し得ない自殺作戦には反対するというものだった。「大和」乗り組み員から見れば、これを議論できる立場の者はまだよかった。「大和」乗り組みの将兵も心の中では各人各様に考えたであろうが、口に出すことはできなかった。また、出せる〝ふんい気〟ではなかった。「ただ命令に従うのみ」の一言に尽きる。

「出撃準備命令」もすでに受領、ここに三田尻沖への回航を命ぜられたいま、出撃は間違いない。もはや議論の段階ではない。行動である。

燃料補給。当時南方からの重油補給路を敵機動部隊に断たれ、海軍の手持ちの燃料は窮迫していた。それでも帝国海軍最後の戦艦であり、近く特攻に出撃というので、内地にある重油を、ほとんど最後の一滴までかき集めてきた（当時の連合艦隊司令長官豊田副武大将の言葉）、その底をはたいての六千余トンの燃料補給となった。巨艦「大和」のつける桟橋はないので、いつもなら重油船が沖に碇泊中の「大和」に横づけして燃料補給をするのだが、もはやその重油船も動員されてなく、巡洋艦からの燃料補給であった。

翌二十九日十五時、「大和」は出港準備作業で浮標にとった舫索《ほうさく》を放し、静かに前進を始めた。秘密裏の出港だったが、それと気づいた在泊艦船の乗り組み員が甲板に飛び出してきた。その打ち振る帽子の波に送られながら出港。「大和」でも手すきの乗り組み員は甲板に整列し、帽子を振ってこれにこたえた。平素と変わらぬ慣れ切った出港ではあったが、再び帰り来る日のない出港と思うと、いまさらながら、呉の山々、工廠《こうしょう》の施設、波止場に、町に、愛着を覚えて目を吸い寄せられる思いであった。

航行中は、例のごとく、移り行く島々を目標に、砲戦測的訓練を行なう。

やがて広島湾を出て、まだ明るいうちに内海西部、三田尻沖に到着。ここで、だれにもさとられぬように三々五々呉を出港し、近道の狭水道を通って先着していた第二艦隊所属の巡洋艦「矢矧《やはぎ》」、駆逐艦「雪風《ゆきかぜ》」、「磯風《いそかぜ》」、「浜風《はまかぜ》」、「冬月《ふゆつき》」、「涼月《すずつき》」、「初霜《はつしも》」、「響《ひびき》」、「霞《かすみ》」、「朝霜《あさしも》」の十隻と合同した。各艦とも空襲あるいは、潜入してくる敵潜水艦の攻撃に備えて、つねに機関の運転準備を完成して漂泊。各種砲の射撃準備を整え、直ちに戦闘動作がとれるように一部の兵器に配員してあったことはもちろんである。

四月一日、米軍がとうとう沖縄本島に上陸した。刻々、無線通信ではいる沖縄戦の経過を気にしながらも、表面は平穏な日が続いた。

三日早朝、B29一機来襲。直ちに戦闘配置についた。B29は中型爆弾一個を投下したが、盲爆で、海中に落ちて艦隊には被害はなかった。

午後、この朝海軍兵学校の卒業式をすませたばかりの新少尉候補生五十三人、「大和」乗艦を命ぜられ、送りの短艇で乗艦した。本来なら卒業直後、何か月間かは練習艦隊に乗り組み、各国訪問の練習航海を行なうのが例であった。しかし、戦局ここに至っての際、時間的余裕もなく、それにあてる艦船もすでにない。

そのため、海軍兵学校も変則卒業式を行なって、新候補生を直接艦隊に送り出したのであった。彼らは顔を輝かせ「大和」乗り組みの誇りに胸をふくらませて舷梯《げんてい》を駆け上がると、一服休む暇もなく、直ちに幾組みかに分かれて艦内見学を始めた。ほうっておかれては、迷い子になってしまうほどの広い艦内、何はともあれ、ひとりで歩ける方角と位置を覚えることが肝要であった。

四日朝、また敵機来襲の情報に総員戦闘配置についた。しかし機影を認めず、まもなく警戒を解く。

夕刻、駆逐艦「響」が漂泊中、磁気機雷に触れる事故が発生した。被害は比較的軽かったが、機関部に損傷を受け、航行不能に陥ったので、呉に回航を命ぜられた。この機雷、当時米軍機が九州北端に多数の機雷を投下していたので、下関海峡から内海に流れ込んだ浮遊機雷と思われた。

「響」は帝国海軍最後の出撃には間に合わないだろう。艦隊と別れ、僚艦の「初霜」にひかれて呉に向かう「響」の後ろ姿を、複雑な気持ちでいつまでも見送っていたものが多かった。

神風大和に……

四月五日は、朝からうららかな日だった。午前、午後の整備作業は平常通り……という、いつ開始されるかわからぬ出撃、戦闘に備え、休養の意味も含めて気楽に実施した。
十五時ごろ、私は午後の艦内作業の見回りを終えて最上甲板に上り、折りからの陽光を浴びながら、主砲第一砲塔右舷《みぎげん》のそばでひと休みしていた。
有賀艦長が、平素と少しも変わらぬ温顔で、つかつかと無造作に私の前に歩み寄られ、頬《ほお》にかすかな笑みを浮かべながら、無言で一枚の紙を私に差し出された。私も姿勢を正し、黙って受けとり、目を通すと、それは予期したことながら突如下った機密命令文の写しであった。

「発連合艦隊司令長官、
宛《あて》第二艦隊司令長官」
「第二艦隊『大和』以下は、水上特別攻撃隊として、沖縄の敵泊地に突入し、所在の敵輸送船団を攻撃撃滅すべし」

司令部暗号班が受信解読したこの電報命令は、普通文に直して、まず、受令者である艦隊司令長官伊藤整一《いとうせいいち》海軍中将に届けられ、長官から改めて麾下《きか》の各隊、艦に通達される。

命令の内容は、われわれを死地に導く冷厳深刻なものであった。一瞬心の中では「やっぱり沖縄か、いよいよきたるべきものが来たな」と思ったものの、急にはその感覚がわかず、反射的に、いつもの通り、命令に対する処置をまず考えた。

第一に、一刻も早く准士官以上にこれを知らせねばならないと思い、命令書を艦長に返しながら「わかりました。准士官以上を集合させます」と答えると、艦長は静かにうなずかれた。

私は直ちにマイクの前へ行き、艦内スピーカーで、

「准士官以上集合、第一砲塔右舷、急げ！」

を令し、同時に下士官、兵にも布達すべく、

「課業やめ」と「総員集合五分前」を予告した。

集まった准士官以上八十人余。草色の戦闘服装のものもいれば、作業個所から飛んで来た作業服のままの准士官もいた。艦長から連合艦隊命令が伝達された。読む艦長の顔を見据える人々の目、目、目。もう何もいうこともない、すべては一瞬のうちにのみ込んでいる目なのだ。私から出港前になすべき作業部署を説明した。

緊張、われを忘れる数分であった。

時計を見る、十五時十五分。続いて、

「総員集合、前甲板！」

を下令、総員を前甲板に集めた。

全乗り組み員中約四分の一は現当直配置、残りの約二千五百人が大部分作業服のままいつもとは違う空気に粛然と前甲板に並ぶ。しわぶき一つ聞こえず、身動きする者もない。やがて有賀艦長が出て来られた。その表情はおだやかだが目は輝き、何ものをも圧倒する気力の充実と人を近づけぬ威厳を感じとられるものがあった。下士官兵の顔にはさっと緊張の色が走る。

艦長は、臨時に設けられた低い壇に上り、兵たちの敬礼にこたえたのち、さきに准士官以上に伝達した連合艦隊命令を読みあげた。終わるとその命令書を左手に持ち、静かながら迫力のある声で、

「出撃に際し、いまさら改めてなにもいうことはない。全世界がわれわれの一挙一動に注目するであろう。ただ全力を尽くして任務を達成し、全海軍の期待にそいたいと思う」

と短い訓示を述べ、終わって壇を降り、ひとり艦長室の方へ歩み去られた。訓示の意味は、深刻なる戦況に反発する艦長自らの心の鞭撻《べんたつ》決意であり、乗り組み員に希望と自信を与えようとする励ましの言葉であった。

続いて私が壇に上り、

「ただいま艦長の読まれた艦隊命令の通り、いよいよ、その時が来たのである。日ごろの

鍛練を十二分に発揮し、戦勢を挽回《ばんかい》する真の神風大和になりたいと思う」と述べた。神風大和とは、平素から有賀艦長が口ぐせのようにいっておられた言葉であった。

　全員シーンとなった。過去もなく未来もなくわれもない無の世界である。全員の気持ちは察せられた。「よし、来るものが来た！　こうなったら全員一塊の火となりて敵のふところに飛び込み『大和』の持てるすべての力をふりしぼり、米軍に最大の犠牲を払わせて消え去るのみ……」と。

　なかには、ショックを受けた兵もあったろう。無理もないことである。覚悟はしていたものの二度と生きては帰らぬ決死行が決定したのだ。しかし、私たちのほとんどは、出撃しても「大和」が沈むとは身近に感ぜられなかった。それより、それをおおい消す意気込みのほうが強かったし、「大和」こそ！――という信念と誇りに燃えていた。〝特攻〟だといっても航空機とは違って〝死なばもろとも〟という気安さもあった。

　さわやかな海風が皆の頬をなでる。

　命令の伝達は、わずか数分で終わった。

「解散」の令で走り去る下士官兵の動作にも、堰《せき》を切る流水の強さを感じさせる。これでいい！

　解散後、砲術、通信、機関などの各科各分隊に分かれ、科長、分隊長からの注意示達があり、部署に従って最後の出撃準備作業に取りかかった。

輸送短艇を準備して、イス、テーブル、その他燃えやすいもの一切の陸揚げ。

機密書類の処分。

浸水を極限するために設けられてある数百の隔壁防禦《ぼうぎょ》扉蓋《ひがい》の点検、閉鎖。

消火装置消防管、その開閉弁、応急用材などの点検。

私有品、不要物品の水線下格納。

兵器、機関、諸装置の調整注油など……。

艦長室前におまつりしてある大和神社の社前は、武運長久を祈願して、各分隊が供えた清酒の一升ビンでいっぱいになった。

自分の受け持ち兵器の甲板を、せっけんで洗い清め、砲にお守りを結びつけ、清酒を供える者もあった。自分の死に場所であるからである。

作業のあいまに、言わず語らずのうちに、皆服から下着まで一番清潔なものに着替えていた。

そして、時はたっていった。

再び連合艦隊命令。

「第二艦隊は、明六日抜錨《ばつびょう》、七日未明豊後水道出撃、指定航路を南下し、八日払暁、味

方航空特攻作戦に策応して、沖縄島・嘉手納《かでな》泊地に突入し、敵艦船を攻撃せよ」

これでは艦隊出撃行動の掣肘《せいちゅう》拘束である。航空特攻作戦に重点を置き、水上部隊の行動に囮《おとり》的の意味と最期を飾る栄光がかかるだけの作戦であって見れば、是非もないことではあるが……。

それにしても、三千余名の「大和」乗り組み員、世界最大の巨艦、無比の戦力。あまりにも尊い。取り引きはわれに利か、彼の思うつぼか。失われる三千の命は、二度と再び元の肉体へは宿らぬ。活路は絶無である。やがては消え去る歴史のひとこま、一瞬焦燥胸を痛めるが、偉大なる時の流れの強さに頭の下がる思いがする。

五日十七時三十分ごろ、艦長に呼ばれて急ぎ艦長室へ行くと、有賀艦長はイスから立って静かに、しかし厳然と言い切られた。

「副長、少尉候補生は今夜退艦させることにした」

乗り組み士官の転勤は、普通なら海軍省からの指令によるもので、出先で勝手にすることはできないことであったが、この場合、「大和」に乗り組んだ少尉候補生は、乗艦してまだ三日にしかならず、広い艦内の地理も身についておらない始末なので、有賀艦長と同期の森下参謀長とが相談し、伊藤長官の同意を得て、出撃前に退艦させることに急に決められたものであった。

同時に、配置につくことのできない病人十余人、および呉で乗せて来た戦闘配置に慣れない年老いた補充兵十余人も、ともに退艦させることになった。

私はまずマイクに向かって、

「候補生退艦用意」

を発令、しばらくして、

「候補生集合、艦長室前」

を伝えた。

ほんの少し前、連合艦隊出撃命令を聞かされ、大いに張り切って、慣れない分隊作業を懸命に手伝っていた候補生連中は、全く思いも及ばぬ、不可解なこの号令を聞いて判断に迷ったようであったが、時間がないので取るものも取りあえず、艦長室前に集まって来た。

艦長室から出て来られた有賀艦長は、けげんな表情の候補生が居並ぶ前に立って敬礼を受け、重い口調でおもむろに述べられた。

「『大和』乗り組みは、皆の長い間の念願であったと思う。しかし熟慮の結果、今回の出撃には皆を加えないことになった。出撃を前にして退艦することは、はなはだ残念であろうが、皆には第二、第三の『大和』が待っておるのである。皆はそれに備えてよく練磨《れんま》し、りっぱな戦力になってもらいたい。

では、ごきげんよう」

慈父の思いがこもるこの言葉、だがあまりにも意外である。候補生はみな、頭をたれて茫然《ぼうぜん》たるありさまだった。

艦長が静かにその場を立ち去られたので、私も行こうとすると、われに返った候補生の一人が、突然一歩前へ進み出て私にいった。

「副長！　われわれは、『大和』に乗り組んだことを非常な名誉と思っております。同期生もうらやんでおりました。『大和』の甲板で倒れる覚悟はできております。いま降ろされては残念です。艦長にお願いして、ぜひ連れていってください。お願いです！」

その間、わき出る激情をかろうじておさえているかのようであった他の候補生も、異口同音に、

「お願いします！」

と和していった。

私は返事に窮し、しばらく黙って皆の顔を見渡した。

彼らの気持ちはよくわかる。しかし、考えてみると、いまの彼らの修練程度では艦上勤務に慣れておらず、とうてい戦闘の役には立たないが、生き残ればこれからさき、りっぱな人物となり、国のために働き得る有為の青年たちばかりである。いますぐ役に立たない者を出撃に参加させ、明白な死への道連れにする必要はない。

私ははっきりいった。

「皆の気持ちはよくわかる。私がもし皆の立場であったら、やはり同じことをいうだろう。

しかし、訓練もまだ十分でなく、しかも乗艦して三日にしかならない皆をこのまま連れていっても、かえって足手まといとなるだけだ。艦長のいわれる通り、この際は潔く降りることが一番よいと思う。

出て行くわれわれが国のためなら、残る皆もまた、国のためなのだ。

大きな気持ちになってよく考えてもらいたい。勉強して、帝国海軍を背負って立つりっぱな士官になってくれ。

かげながら皆の健闘を祈っている」

もはや言葉を返す者はなかった。艦長のこの措置は、楠公《なんこう》が湊川《みなとがわ》の出陣に際し、一子正行《まさつら》を残して二代の誠忠をうたわれた桜井《さくらい》の庭訓《ていきん》の故事にならってのことか、この特攻出撃の中でも、特筆すべき処置であったと思う。

内地最後の夜

艦内の片づけも明るいうちに一通り終わったので、日没後の十八時、

「酒保開け！」

を令して、最後を飾る艦内壮行会を催した。

艦長は平素、艦長室でひとり起居される規定なので、艦内では、われわれと会食などする機会はめったになかった。しかし、いまは、出撃である。私ども副長以下機関長、砲術

長、通信長、航海長などの各科長、それに少佐、大尉の各分隊長までがいる士官室では、艦長をお招きして、食事をともにし、乾杯談笑した。

艦長が席につかれるのを待って、艦長と向かい合わせに腰かけていた私が立ち、士官室士官一同を代表して艦長にあいさつした。

「数度の戦闘に参加したわれわれは、本艦の兵器と技倆《ぎりょう》に、絶対の信頼を持っております。必ず、帝国海軍の精華を、全世界に認識させます。各自最善を尽くして艦長のご期待にそうことを、一同にかわり申し上げます。ここに杯をあげて、艦長のご武運をお祝いします」

と述べた。

すでに前途の決まったこの出撃であるから、お祈りしますとはいわないで、お祝いしますと申し述べたのである。

ついで一同立ち上がり、清冷酒「賀茂鶴《かもつる》」をなみなみとついだ湯のみ茶わんを目の高さに持ちあげて艦長に目礼した。

艦長は、

「ありがとう」

と軽く頭を下げ、湯のみに口をつけて着席、一同これにならった。

席上、艦長は私や隣席の各科長と雑談されたが、主計《しゅけい》長堀井正主計少佐に、

「主計長！この際けちけちしないで、皆にうまいものを食わせてやれよ」と冗談をいったりしておられた。

しばしの後、士官室での宴会を中座して、艦長と共に一升ビンを片手に各室、各分隊を一巡した。

中尉、少尉の血気盛りの若い士官ばかりの居室である第一士官次室《ガン・ルーム》では、意気はなはだ軒昂《けんこう》。テーブル、イスなどは片づけ、床にハンモックのキャンバス、ボートのおおいなどを敷き、約四十人が車座をつくっての宴会。艦長は近くのだれかれに自ら一升ビンを傾けて酒をつぎ、「吉田少尉、お前はひとり者か」など突っ込んだことを聞いておられた。若い士官の指導官としてつけてあった室長臼淵《うすぶち》磐《いわお》海軍大尉は、艦長のうちとけたこの態度を見て心からうれしそうであった。騒ぎの中で私も数人をつかまえ、しんみりした話をした。やがて艦長の持つ一升ビンがからになるころを見計らって、だれかがうたい出した歌に一同声を合わせた。

貴様と俺《おれ》とは　同期の桜
同じ兵学校の庭に咲く
咲いた花なら散るのは覚悟
見事散りましょ　国のため（西条八十作詞「同期の桜」）

若者たちは蛮声を張り上げ、床を踏みならし腕をくんでまわる。これをながめる艦長の顔は、柔和そのものであった。私は死を直前にした若人たちの元気そのものの姿に、耐えられぬ思いであった。なお続く軍歌、詩吟、床を鳴らしての大騒ぎ。果ては艦長を胴上げする始末にへきえきし、すきをみてそうそうに退出――。

年長者の多い第二士官次室および准士官室は、海軍に長年勤務し、経験豊かな優秀な人ばかりであるから、この期に及んでもさすがに冷静そのもので、艦長と私が顔を出したときはすでに食事もすみ、三々五々寄り合って、杯を重ねながら静かに談笑する者が多く、これが余命いくばくもない人々の集まりかと思われる落ち着きようであった。

下士官兵の居住区である各分隊では、軍歌を合唱するもの、分隊長、分隊士を迎えてその話を謹聴するもの、班長、古参兵の武勇伝に夢中で聞き入るものなど、貴重な時間の流れ行く艦内の夜は、静騒さまざまであった。

酒好きの上級者の相手を仰せつかるよりは、緊張の解けたこの際に、同年兵同士で語り合うほうがよほど気楽であると見え、部屋の片すみで、自分たちの受け持ちである食器をいつもの通りせっせとみがきながら、郷里の話に夢中になっている若い兵もあった。

艦内を回り終わって、艦長を艦長室に送り、私は士官昇降口からただ一人最上甲板に上って、数時間前、出撃命令を聞いた同じ場所、主砲第一砲塔右舷《みぎげん》に立った。

艦内の騒ぎに引きかえ、灯火管制で漆黒《しっこく》の世界と化した傾斜のある広い甲板は、いま無人の静けさである。

空には満天無数の星影、悠々《ゆうゆう》何事も知らぬげにまたたく。

これが内地での最後の晩となるか？

顧《かえり》みれば、十九年三月十八日、「大和」乗艦以来、ここに一年有余日……転瞬の間に過ぎたこの年月。

その年の六月、ニューギニア北方、ビアク島西部洞窟《どうくつ》に閉塞《へいそく》された味方守備隊の危急を救うため、敵の上陸基地砲撃の目的をもって出撃した。その途上、サイパン島に敵来攻の報を得て、決戦の機到来と反転して北上、わが機動艦隊に合同、勇躍同島海面に急行したが、敵機動部隊を捕捉するに至らず、味方はかえって敵艦載機の攻撃を受けて、空母「大鳳」以下数隻の損害をこうむって、沖縄に避退した。

また七月には、内地からビルマに行く陸軍一個連隊を、シンガポールまで輸送したことがあった。陸軍兵たちは蒸し暑い艦内にはいっても重装備を解かない。せめて安全な艦内にいる間は、服装をゆるめて気楽にしてはと思ったのはわれわれで、つねに戦闘準備を怠らない心がけと規律に感心するとともに、そのさき、炎暑の地に転戦する彼らの労苦を思い、世話係りを付けて、入浴、食事等乗り組み員と同じようにし、できる限りの世話をさせた。当時の人のうち、果たして幾人が生きて再び日本の土を踏むことができたであろうか。

敵反攻作戦のたけなわな、同年七月中旬から十月にかけて、シンガポールの南方リンガ泊地に長期間滞泊したことがあった。

味方の不利な戦況を毎日聞きながら、はやる闘志をおさえ、じっと待機していることはなかなか苦痛であった。炎暑の下、時に夜を徹して相変わらずの激しい訓練を続けながら、碇泊《ていはく》中の午後は気分転換に、士官も兵も総員裸で、相撲、体操などの体育に興じた。夜は、広い前甲板で、シンガポールから取り寄せたニュースや劇映画のフィルムで映写会を催し、またあるときは、月の良い晩、海風涼しい露天甲板で、近くの島から取って来たススキを飾り、主計兵が作った団子を供えて月見を行ない、遠く内地の秋をしのんだりした。

十月十八日、米軍はレイテ湾口スルアン島に上陸を開始するに至った。

その警報に、リンガ泊地から急遽《きゅうきょ》ボルネオのブルネーに移った艦隊は、乾坤一擲《けんこんいってき》の大戦闘を予期、二十二日ブルネーを出撃してレイテ湾に向かった。二十五日朝、レイテ沖で思いがけなく敵空母隊を発見急追し、「大和」四六センチ主砲の威力と射撃の技倆を、実戦にためす機会に恵まれたが、目標であるレイテ湾を指呼の間に望み、数隻の敵戦艦の姿を湾口に認めながら、命令で、突入せずに引き返し、「大和」の真価を遺憾なく発揮する絶好の機会を逸したのは残念至極であった。

空母群を追撃中、沈没に瀕《ひん》する敵艦に、乗員が黒山のようにむらがるかたわらを航過した際、はやる機銃群が、これに向かって射撃を加えようとしているのを制止したのもこのときであった。

爾来《じらい》、内海に隠忍蟄居《いんにんちっきょ》すること半歳。

大切な三千余の人と物とを預かる巨艦の副長として、国運斜陽の下、事ある日まで、乗員各個の体力気力と人の和と、船体、兵器、機関の良態をいかにして保全するかに日夜苦心してきたが、はからずも今日ここに最後の場面に到達し、決死行の悲壮感のかたわら、束縛から解放される心の軽さを感ずるものがあった。

瞬間、流星が東の空を、尾をひいて斜めに飛んだ。

乗り組み員は壮行宴に一夜のなごりを惜しみ合ったが、敵偵察機の目を避けるため、夜間でなければできない作業が残っていたので、二十一時、私はマイクにむかった。

「きょうは皆愉快にやって、大いによろし。これでやめよ！」

と宴会の打ち切りを令した。

各部の騒ぎは直ちに止まった。このひと事に、この期に及んでも艦内の規律は寸毫《すんごう》の狂いもなく、出撃に際し全員一丸となった意気込みを感じとることができてうれしく思った。

甲板を片づけ終わって、駆逐艦の横づけと燃料搭載《とうさい》との準備作業を行なう。

六日零時。

かわるがわる「大和」に横づけする駆逐艦に、「大和」から燃料を移す作業を当直員のみで開始、非番の者は就寝させた。

「大和」の保有燃料は、呉出港前にタンクの底をはたいて搭載した約六千トン、連合艦隊からの命令は、沖縄までの片道分——すなわち三千トン余。巡洋艦「矢矧《やはぎ》」はすでに満載だったので、「大和」が無事沖縄に到着、敵泊地へ突入できるよう、途中護衛の任に当たる駆逐艦八隻全部に満載させた。

「大和」の左右両舷に、駆逐艦一隻ずつ静かに、抱くがごとく横づけさせる。「あすからの戦闘に協力をしっかりたのむ」と心のなかで思いつつの作業指揮。

二時。

少尉候補生らが各自の荷物をこわきにかかえて、上甲板に整列する。退艦である。居合わせた甲板士官や当直将校と並んで、それを見送る私としては、もはや何もいうことはない。彼らは残念そうな表情で敬礼をする。ただ無言で答礼した。

病人や戦闘配置に不慣れな呉での補充兵も、同時に退艦。

四時。

空が白みかかって来た。駆逐艦八隻全部に燃料移載作業完了、駆逐艦すべてを満タンにしたが、なお「大和」には四千トンの燃料が残っていた。

六日の午前は、防水装置の点検を再び行なって万遺漏なきを期し、終わって、総員最後の手紙を書き、髪や爪《つめ》を切ってこれに同封した。この手紙は十時に締め切って、便船に託して徳山郵便局に送る。

実際の発送は、機密保持のためずっとあとになったはずである。

午前、すべての出撃準備を順調に終わる。

いよいよ出撃

四月六日十三時出港準備開始――十五時出撃予定。

「大和」の機関は力量十五万馬力という強力な蒸気推進機関であり、碇泊《ていはく》状態から航海状態に準備するには機械を徐々に暖めねばならず、急いでも二時間は必要とした。

と同時に、カッター一隻を残してすべての短艇を徳山港務部に送った。艦内に置けば、艦砲爆弾で破壊され、通路をふさぐおそれがあるのと、生還を期さない出撃であるから、艦外の交通に使う短艇は、今後使用の機会はないものと考えた。

十五時過ぎに連合艦隊参謀長草鹿《くさか》龍之介《りゅうのすけ》海軍中将来艦との連絡あり、出港を十六時に延ばす。

また、巡洋艦「矢矧」以下九隻の指揮をとる水雷戦隊司令官古村啓蔵《こむらけいぞう》海軍少将、「矢矧」

艦長原為一《はらためいち》海軍大佐ら第二艦隊の艦長、参謀たちが、「大和」に集合、士官室で草鹿参謀長の来着を待った。

十五時三十分、水上機一機、「大和」の舷側《げんそく》近くに着水、同機で草鹿参謀長来艦す。

草鹿参謀長は、まず司令長官室に消えた。

〝同期の桜〟である、このときの二人の会話はどのようであったか、だれも知らなかったが、戦後草鹿参謀長の話によると――

「正直いって、自分としては『大和』をこういうふうに使うのは反対だった。私は、ちょうどそのころ、九州鹿屋《かのや》の基地へ行っていた。

そこに司令部を置いていた海軍で一番大きな第五航空艦隊（司令長官宇垣纏海軍中将）と、新たに連合艦隊の指揮下にはいった陸軍の第六航空軍（司令官菅原道大《すがわらみちおお》陸軍中将）をうまくかけ合わせるためだった。

確か三日か四日だったと思うが、神奈川・日吉の連合艦隊司令部から電話があって、内地におった『大和』以下残存水上艦艇、つまり『大和』と巡洋艦『矢矧』、駆逐艦八隻、これだけをもって目前の敵に対し、特攻切り込みをやらせるというのである。

実はこの残存水上艦艇（第二艦隊）の用法と、使用時期、場所に関して、われわれは非常に頭を悩ましていた。一部のものは激化する敵空襲下にさらして、ついに何らなすことなく沈められてしまうかも知れない。また、全軍が特攻隊として敢闘しているときに、水上部隊だけが拱手《きょうしゅ》傍観していていいものかどうか、なるべく早く使ったほうが良いという意見である。

私は反対だった。といっても具体的にどうするかという名案もなかったが、いずれは最期はくるだろうが、世界最強の戦艦として悔いなき死所を得させねばならぬ、時と場所を選んでやらねばならぬ、といって日吉にいるときから反対していた。『大和』の早期使用について一番強く主張していたのは連合艦隊作戦参謀の神重徳《かみしげのり》海軍大佐だったが、私が留守になったので切り込みを決めてしまったのではないかと思う。

電話がかかって来たとき『このことはもう長官も決裁されたのですが、参謀長の意見はいかがですか』というのだ。『長官の決裁をとってしまってから、参謀長の意見はいかがですかもないものだ。決まったものならしようがないじゃないか』とおこったが、あとの祭りだった。そのうえ悪いことに、鹿屋は内海の泊地に近いから、参謀長が直々に第二艦隊へ行って出撃命令を伝えてほしいという。平たい言葉でいえば〝引導を渡してくれ〟というわけだ。

出撃部隊の指揮官伊藤整一海軍中将も、軍人としての覚悟は決まっているだろうが、万が一にも心に残るものがあってはいけない、心おきなく最後を促し、喜んで行くように参謀長から話してほしいというのである。裏を返せばそれだけ無謀な作戦ともいえるわけだ。

私はおこったけれども長官決裁後ではどうしようもなく、伊藤中将に会って、この絶対成功を期しがたい特攻攻撃を行なわなければならない理由をいろいろと説明した。伊藤中将は『よくわかった。何のわだかまりのない、きれいな気持ちで出発する』という意味のことをいってくれた。『ただ自分の心得として聞いておきたいことは、ゆく途中で非常な損害を受けて、これ以上はだめだという時になったらどうすればよいか』といった。

伊藤中将もいちまつの不安をもっておられる。そこで私は『一意、敵撃滅にまい進するとき、それはおのずから決まることで、一つにこれは長官たるあなたの心にあることだ。連合艦隊司令部としても、その時に臨んだら適当な処置はする』と答えた。

伊藤中将はニッコリ、喜色を満面に、『ありがとう、安心してくれ、これで気も晴れ晴れした』といって、あとは最後の杯をかわし、しばらく雑談していたが『それでは艦隊首脳部を集めて長官としての決意をのべるから、君も列席して何か一言いってくれ』といわれた。『しかし、それは第二艦隊の会議でもあるし、私が出席するのはどうか――』としぶったが『ぜひに』というので出席した」（読売新聞連載「昭和史の天皇」から）――

伊藤長官と草鹿参謀長は、間もなく全艦隊の艦長、参謀が待っている士官室にはいってこられた。「大和」からは副長の私、機関長高城為行大佐、その他の各科長が加わった。

まず、伊藤長官が豊田連合艦隊司令長官の訓示を一同の前で読みあげた。

訓示にいわく、

「帝国海軍部隊は陸軍と協力、沖縄島周辺の敵艦隊を撃滅せんとす。皇国の興廃は、まさにこの一挙にあり。ここに海軍力を結集して果敢なる突入作戦を命じたるは、帝国海軍の栄光を千載に残さんとするにほかならず。

各隊は殊死奮戦、敵艦隊をこの所に殲滅《せんめつ》し、もって皇国無窮《むきゅう》の礎《いしずえ》を確立すべし」、と。

長官は訓示を読んだだけでなにもつけ加えられず、草鹿参謀長が短いあいさつをされたが、心ならずも特攻命令を伝えるせいか、低い声で、後ろにいた私には聞き取れない始末だった。草鹿参謀長は間もなく「大和」を退艦。再び水上機に搭乗し、艦隊の上空を何回も旋回し、なごりを惜しみながら帰路につかれた。

今度の特攻出撃に関して、艦隊幹部のなかには極端な反対意見をいだいていたものもあって、このときまでにはずいぶん激しい議論や意見具申があったが、この段階に立ち至ってはだれ一人草鹿参謀長のあいさつに言葉を差しはさむ者もなく、皆、快く自分の意見を一擲《いってき》し、互いに別れのあいさつをかわして、顔も晴れやかに、淡々たる気持ちでボートに乗り、帰りを待つ各艦へ引き揚げていった。

十五時四十五分であった。

出港準備完了した艦隊各艦は、次々と準備の完成を司令部に報告する斉備旗を、前檣《ぜんしょう》の桁端《こうたん》いっぱいに揚げて、旗艦「大和」の一挙一動を注視した。

待つことしばし、「大和」前檣に揚がる旗旒《きりゅう》信号旗。

「各隊、予定順序に出港」

「針路百二十度」

時に、四月六日十六時過ぎること五分。

壮絶！　前代未聞の艦隊行動が開始された！

大和の持つ燃料は片道分、生還を全く計算に入れていない特攻出撃である！

艦橋寂《せき》として声なし。

艦橋の前部右端に立つ長身の伊藤整一第二艦隊司令長官。微笑を浮かべ、その目は先に出る各艦を追う。艦隊六千の衆望をになう最高責任者。温厚の態度常のごとく、春風駘蕩《たいとう》、慈父の輝きあり。

長官の左側には森下信衛《もりしたのぶえ》第二艦隊参謀長。磊落《らいらく》俊敏、伊藤長官の良き補佐官。平素の訓練出動と少しも変わらぬ態度。「大和」の前艦長。十九年十二月の異動で「大和」艦長の職を有賀新艦長に譲り、「大和」に乗艦のまま、第二艦隊参謀長となったもの。水雷出身。レイテ沖海戦の際における魚雷回避の操艦は、神技とたたえられた操艦の権威。

豪快大胆にして細心緻密《ちみつ》、古武士の風格ある有賀幸作「大和」艦長。決意を、眉宇《びう》の間に漂わせて、艦橋中央の主羅針儀《らしんぎ》を前に、みずから操艦に当たり、「大和」発進の機をうかがう。参謀長と同じく水雷出身。

この出撃に参加した艦艇。
旗　艦「大和」
護衛艦　巡洋艦「矢矧」
　駆逐艦「冬月」、「涼月」、「雪風」、「磯風」、「浜風」、「朝霜」、「霞」、「初霜」
護衛艦を指揮する人々。
司　令　官　古村啓蔵海軍少将
「矢矧」艦長　原　為一海軍大佐
　駆逐隊司令
　　吉田正義海軍大佐、新谷喜一海軍大佐、小滝久雄海軍大佐
いずれも水雷戦の権威。
開戦以来、駆逐隊に乗艦し、太平洋の広漠《こうばく》たる海上を縦横に駆け回り、風濤《ふうとう》寒暑とたたかい、弾雨をくぐって、哨戒《しょうかい》索敵、護衛連絡輸送等に寧日なく、第一線の危険と労苦をつぶさに嘗《な》めた百戦練磨《れんま》の古強者《ふるつわもの》である。その昔、如意輪堂《にょいりんどう》の壁に、将士の名を書き止めた楠木正行の故事にもならって、その名を永遠に書き残したい人々である。
艦隊の出撃を秘匿するには、夜になってから豊後水道を出なければならず、また連合艦隊の命令も〝七日未明豊後水道出撃〟を指示しているので、時間調節に、襲撃訓練を行なうこととなり、その配備につくため「矢矧」以下は先行し、「大和」は少し遅れて、十六

時四十五分発進した。

「両舷前進微速！」

「面舵《おもかじ》！」

有賀艦長の声、凜《りん》としてあたりを払う。

世界最大の戦艦、そして活動し得る帝国海軍最後の戦艦「大和」は、沖縄の敵泊地へなぐり込みの特攻をかけんとしていま、まさに出撃する。その雄姿。

戦艦「大和」は満載排水量七万二千八百トン、全長二百六十三メートル、最大幅三十八・九メートル、最大速力二十七ノット、航続距離三千五百浬《カイリ》。

主砲は四六センチ三連装砲塔三基九門、副砲、一五・五センチ三連装砲塔二基六門、高角砲、一二・七センチ連装高角砲十二基二十四門、機銃、二五ミリ三連装機銃二十九基八十七門、二五ミリ単装機銃二十六門、一三ミリ連装機銃二基四門。

艦の心臓部、前檣楼は、全高四十メートル。最高部は方位測定機アンテナを後ろに立てた主砲射撃塔――八畳間ぐらいの広さの円形室で、主砲方位盤射撃装置の照準装置、射撃の号令命令を各部に伝達する電話、通報機などがあり、戦闘になると砲術長黒田吉郎中佐がここで主砲射撃の指揮をとる。その下は長さ十五メートルの測距儀《そくきょぎ》をかかえた測的所。ここには測的長江本義男大尉以下測的関係者がいて敵の方向距離を測定する。測距儀にはレーダーの空中線を載せてある。測的所は半径三メートルぐらいの円形室で、測的関係通信装置の計器類が所狭いばかりに並んでおり、円形室の一部に十五メートル測距儀の測距所および電探室がある。

主砲射撃塔と測的所は、それぞれ別に、電動装置で自由に三百六十度回転し、いつでも目標に正対することができる。

その前方斜め下が防空指揮所で、幅約二メートルの扇型、ドーナツの四分の一部分のような格好と思えばいい。中央に直径三十センチぐらいの羅針儀が据えつけられ、対空戦闘中艦長がここにあって戦闘と操艦を指揮する。高角砲機銃を総括指揮する高射長川崎勝己少佐も、また見張り長渡辺志郎中尉もここに位置する。防空指揮所は、上空視界を良くするため、胸までの高さの囲いをつけた完全な露天。この扇型の要《かなめ》の部分に対空射撃幹部の伝令員六人がいた。彼らは一人で各射撃指揮官直結の電話機五、六台を受け持ち、高射長の命令を高角砲群、機銃群の指揮官に伝える。

その一階下部が艦の頭脳であり心臓である第一艦橋――戦闘艦橋ともいう。広さは十四畳ぐらいで、水面上の高さ約三十四メートル。前方中央に転輪羅針儀、中央部に磁気羅針儀があり、その右舷側に第二艦隊司令長官伊藤中将が、その左隣に同参謀長森下少将、その後ろに参謀たちが居並ぶ。

左舷側には艦長席（といってもイスはない、対空戦闘が始まると艦長は防空指揮所に上がる）、前面中央の羅針儀の後ろに航海長茂木史郎中佐、左舷測後方見張り位置に掌航海長花田泰祐中尉がいる。中央羅針儀後方には当番に当たった哨戒当直将校が立つ。哨戒当直将校は、艦内各部の見張り員を掌握して警戒任務に服し、必要に際しては応急戦闘指揮を行なう。

第一艦橋後部には七平方メートルぐらいの広さの電測室がある。測的所と同じように各種計器類が、室の半分以上を占めている。

その下に副砲指揮所があり、その装備は大体主砲射撃塔と同じで、戦闘中ここに副砲長清水芳人《しみずよしと》少佐がいた。その隣は作戦室であった。ここには上甲板からの四人乗り昇降機が通じていた。また、長官、参謀長、艦長などの休憩室、士官休憩室などがあった。

ここまでが艦橋の約上半分である。

下半分にはまず第二艦橋がある。ここは夜間用指揮所であり、戦闘中第一艦橋が砲爆で破壊された場合の予備艦橋でもある。内部施設その他は第一艦橋とほぼ同じであった。

最下部前方は司令塔である。この塔内には三区画があって、前室は操舵《そうだ》所で、中央の室は私のいた防御《ぼうぎょ》指揮所、後室は主砲司令塔射撃所であった。厚い甲鉄で囲まれ、操舵所は横に長いスリットを通じて外部が見えるが、防御指揮所からは全く見えず、出入り口は床にある直径六十センチぐらいのハッチ一つだけだった。ここには、艦内の様子がわかる計器と通信装置が集中しており、その指揮官が副長——すなわち私で、副長補佐の国本鎮雄海軍中尉ら七人の勤務員が詰めていた。

艦橋全体——正確には前檣楼——は、従来の戦艦では三本もしくは六本の柱を骨として作られていたのに対し、「大和」の場合、同心円の二重の筒が基礎である。これは、少々の被害では崩壊しないためと、主砲発砲時その他の震動を防止し、装備の計器とくに主砲射撃指揮所内観測鏡に安定性を与えるにあった。

事実、従来方式の前檣では、高速航行中、運転する諸機械や船体の動揺、波浪の衝撃などから伝わる大小の震動のため、前檣最高所にある主砲射撃指揮所の指揮官用観測鏡の震動がはなはだしい。ことに主砲発砲時の激動がなかなか収まらず、肝心の弾着時、観測を不可能にする。大遠距離の射撃においては、指揮官の弾着観測すなわち、落達する斉射弾の水煙の束が、敵艦を中にはさんでいるか、敵艦より先方か、敵艦より手前にあるかを観測識別して、常に水煙の束が敵艦を遠近に包んでいるように弾着を修正指導することが、射撃の効果をあげるのに一番大切で必要なことである。「大和」では、特殊構造の檣楼としたため、この点格段に改善され、いかなるときでも、ほとんど震動を感じなくなり、観測鏡を直径十八センチの大型双眼望遠鏡としたことと相まって、弾着観測をきわめて容易にした。

内部円筒の中には、伝声管や通信照明動力等の各種電線がはいっており、外筒と内筒の間に各部屋があり、各室はそれぞれ気密室として設計されて毒ガス防禦となっていた。

ついでに、十五万馬力、二十七ノットという快速の原動力、機関部のことにもふれておこう。

機関部というと、油とほこりまみれの暑い場所が想像されるが、「大和」で機関装置を置いてある各室は、きわめて清潔でよく掃除整頓《せいとん》されており、旧式艦に比べると、隔世の感がある。しかし、複雑さもまた格別で、絶えず変わる艦橋からの速力指令、電力、水圧、圧搾空気等を要する兵器の使用程度に応じて、関連する数十の補助機械を、寸分の誤りなく操作することは、なかなかの熟練と協同動作が必要である。

しかも、配置が数多くの区画に分散されているので、独立区画に一人置かれた若年兵も、独断処理を要すること多く、長期間の真剣な連合訓練が必要である。操作の誤りが、重大なる故障をひき起こして艦の運命を左右しないとも限らない。

また、騒音の中では、音声による通信は用をなさないので、すべて視覚通信、手先信号を使用する。

機関部の多くの人が一つに溶け込んだ整然たる統制ぶりは、数百トンの重量物を、秒刻の間に運転する主砲砲台員の操法とともに、艦内における見事な協同動作の一つである。

話を戻そう。

世界最強、不沈の戦艦「大和」は、いまここにいよいよ錨《いかり》を揚げて、二度と帰還を望めぬ特攻行動の第一歩を踏み出した。

「副長！　総員三千三百三十二名、外来者なし」

先任衛兵伍長の報告。

下士官兵の一番古参者である先任衛兵伍長は、出港の際、固有の乗り組み員の現在数と、臨時乗艦者の数とを調べて、副長に報告する規定であった。

「大和」を敵艦に想定して行なわれた護衛各艦の夜間襲撃運動は、訓練に実戦に、何百回となく繰り返して研究検討されてきたことなので、型通りきわめて順調に終わり、艦隊は「大和」中心の航行隊形となって、豊後水道へと向かった。

出港後艦内では、外海の航海に備えて、艦内の移動物を固縛し、作業のためよごれていた露天甲板を海水を流して洗い、戦闘作業に支障をきたさないように艦内各部を片づけ整頓した。

作業を終わって、夕食につく。

艦隊はまだ、安全なる内海西部海面を航行中である。

一歩豊後水道を出れば敵地であるから、休息中といえども気を許せない。いましばらくのこの時間が、最後のくつろいだ時間となるであろう。

食後、当直員以外の乗り組み員を前甲板に集めた。航海中であるから、艦長は艦橋を離れることができないので、私が代わって、連合艦隊司令長官の訓示を伝達し、続いて、総員東を向いて皇居を遥拝《ようはい》し、「君が代」を歌い、私の音頭で皇国の万歳を三唱した。

夕闇《ゆうやみ》の中に薄れ行く内地の島々、なつかしの故国の姿！　皆、千慮万感胸を往来するか、解散を令しても、しばらくはだれもその場を去ろうとしなかった。

家郷の方角であろう、姿勢を正して帽を脱ぎ、頭を深く下げて動かぬ者もあった。

「ああ、堂々の輸送船
　さらば祖国よ栄《さかえ》あれ」

だれかが小声で歌いだしたこの歌声に誘われて、皆が足を止めて、声を合わせて歌い始めた。

　遥《はる》かに拝む宮城の
　空に盟《ちか》ったこの決意（野村俊夫作詞「暁に祈る」）

大合唱となった歌声は、すっかり暮れて黒一色となった空と海にひろがっていく。兵たちが尽きせぬなごりに、果てしもなく軍歌を歌い続ける。その歌声をのむ漆黒の海面には、艦の航跡のみがほの白く尾をひいていた。

待ちかまえる敵潜水艦

艦隊は、「矢矧《やはぎ》」を先頭、「大和」をしんがりに、一列となって内海西部から太平洋に通ずる速吸《はやすい》瀬戸にはいり、続いて豊後水道の狭水路に差しかかった。

灯火管制で、航路標識一つない全く闇《やみ》夜の海上、ちょっと操艦を誤っても、味方の機雷原に突入する危険のある屈折した狭水路を、瞳《ひとみ》を凝らしてやっとかすかに見える山の形を目標として、艦の位置を確かめながら進むのである。

かような難所で、「大和」のような大艦を事故なく操縦するには、長い間の研究と修練でみがいたよほどの勘と決断を必要とする。その衝に当たる人、謹厳寡黙《かもく》信念に生きる若き航海長茂木中佐。

豊後水道を一歩出れば、悲しいかな、もはや敵地である。味方は、本土から目と鼻の距離にある海域の制海制空権をも持たず、敵の跳梁《ちょうりょう》にまかせていた当時である。

水道を出終わると、艦隊は、「大和」中心の対潜警戒航行隊形をとり、艦内では総員戦闘配置について警戒した。

このときの対潜警戒航行隊形は、「大和」を中心に、前方百八十度を三十度間隔できざみ、各艦それぞれ「大和」から二・五キロの距離で六隻の駆逐艦が半円を描いて展開する。

そして「大和」の後方二・五キロに「矢矧」が位置し、その左右二・五キロの距離に駆逐艦が一隻ずつ従うという隊形だった。

全員、見えない敵に対して極度の緊張。電波探知員は目をさらのようにして映像盤を注視し、水中聴音員は全身を耳にして敵の気配を探る。十六個所の艦外見張り員は、見張り指揮官統制の下に、おのおの円錐《えんすい》の固定された十二センチ双眼望遠鏡について、受け持ち区域を探索。よく訓練された見張り員は、晴天の夜ならば一万メートルぐらい先にある艦影を視認する能力を持っている。

皆黙り込んで、咳《せき》一つする者はない。聞こえてくるのは計器の音、風の音、波が舷側《げんそく》をたたく音。

突！　艦橋の寂寞《せきばく》を破って、通信指揮室からの甲《かん》高い声。

「敵通信傍受、敵潜水艦発信。

本文――「大和」脱出、地点二一七五、速力二十ノット、全軍警戒せよ」

私は無意識に時計を見た。二十二時十五分。

敵はこしゃくにも、暗号ではなく平文で電波を出している。

「潜水艦の位置、左前方近距離！」

間髪を入れず下る号令。

有賀艦長「左警戒」。

暗夜なので、艦橋内の人の動きはよくわからないが、後ろから見る帽子につけた識別蛍《けい》光《こう》票がゆらぐ。──夜間、幹部を識別するために、帽子の後ろに三センチ角の透明な板を取りつけ、それに、長官はシレイ、チョウカンの頭《かしら》文字二字をとって「シチ」、参謀長は「サチ」、艦長は「カ」、副長は「フ」などと蛍光文字が書いてあった。

ブザー、電話、伝令、人のざわめき、艦内しばし騒然。

森下参謀長「緊急右四十五度一斉回頭！」

「緊急右四十五度一斉回頭」というのは、前方に突然危険があった場合、隊形をそのまま右四十五度方向に、着想と同時に発動し、各艦に電話または信号で知らせながら移動する非常手段で受信各艦の行動が何秒かでも遅れると隊形は混乱し、衝突の危険が起こる。

茂木航海長「面舵《おもかじ》！　三十度」

有賀艦長「敵潜水艦左前方、各部警戒を厳にせよ」

茂木航海長「戻せ！　二百十五度宜候《ようそろ》！」

再び元の静けさにかえる。

「大和」の出撃に備えて、豊後水道の出口付近に数隻の敵潜水艦が配置されているだろうことは予想できた。しかし、こんなに早く、こんなに本土近くで敵潜水艦の接触を受けるとは！　多難なる前途を思い知らされた感じであった。

水道出口付近でわれわれを監視していたのは「スレッドフィン」、「ハッケルバック」の二隻の米潜水艦、「大和」から見て左前方に潜水待機していたもので、われわれが機関音を聴音できたのはどちらのものであったかわからない。

　緊張の数刻が過ぎた。

「右前方異常なし」

「左前方異常なし」

　艦橋第一、第二見張り員の声が、夜暗に響く。

　やがて、通信指揮室からの報告。

「その後、敵潜水艦感度なし」見張り指揮官より「見張り各部、異常なし」

安堵《あんど》の胸をなでおろす。敵潜水艦を、後方へ振り放すことができたようである。

　有賀艦長の許可を得て、

「艦内哨戒《しょうかい》第二配備、甲直哨兵残れ」、「警戒通路開け」と令し、全員警戒を解いて、二直配置の警戒配備とした。非番の者は、戦闘配置付近で休息するよう示達し、夜食に用意してあったしるこを配らせた。このしるこは、まだ酒も煙草《たばこ》もやらない若い兵隊を喜ばせようとの堀井主計長の心尽くしで用意されたものであった。

　艦内哨戒については前に述べたが、「第二配備」では総員を半分に分け、第一直の当直員を「甲直哨兵」、第二直を「乙直哨兵」と称し、甲乙交代で警戒当直に立つ。

　また、戦闘状態においては、艦内一切の通路を厳重に閉鎖するので、警戒度をゆるめ、哨戒配備に移った場合は、必要なる用を達するため、通路に当たる扉《とびら》や蓋《ふた》の一部を開くことになっている。これを「警戒通路開け」というのである。

艦隊は緊張した夜間警戒航行隊形をもってジグザグ針路をとり、潜水艦を警戒しながら、一路九州の東海面を南下した。

寸暇を得て、前檣《ぜんしょう》士官休憩室の狭いソファに腰をおろして仮睡する。

夢幻《むげん》の間の自問自答……。


この出撃、万に一つの生還も期し得ない。早くも敵にわが企図は感知された。おそらく死は、十数時間の後に迫った必然の事実である。厳たる事実でありながら、心のどこかにそれを肯定しない何ものかがある。

死線を幾度か越えてきた気構えの惰性から、安易な考えがわくのであろうか？

ものは、始めがあれば、必ず終わりがある。

生まれた者は必ず死ぬ。

ただ、人間の知性と修練で、それをどの程度に予期するかしないかの問題である。

その死の予期が、一時間前か一日前か、数か月かあるいは数年か、現在と死との間に、時間的の間隔があればあるほど、死は人々の脳裏に曖昧模糊《あいまいもこ》となり、死への考慮が薄くなる。

もし、眼前の惨事、病気、衰弱等死を連想する刺激がなかったら、人は死を忘れ、現実に逢着《ほうちゃく》する死の直前まで、死への考慮を怠りがちである。

しかし、この出撃は、片道分の燃料、短艇は皆無、待ち受ける米軍は制空権をしっかと握る大兵力。

これでは、死は絶対ではなかろうか。

必然の事実であるならば、心の支度《したく》があって当然である。

人生は、死への葬送曲。修養とは、死への心構え。

佐賀葉隠《さがはがくれ》は、「武士道とは死ぬことと見つけたり」と訓《おし》えている。

これから渡る人生ならば、自己の置かれた環境の中で、おのれに与えられた時間を、最も有効に活用する工夫《くふう》をすることが大切である。でなければ、死期に臨んでも、満足感は得られない。

われわれのただいまの立場は、それとは違う。

残る人生は、数時間に過ぎない。いまさら行蹟《ぎょうせき》を積んで満足感を購《あがな》おうとしても、その余裕はない。せめて歩んできた跡を振り返って、おのれ自身に言い聞かせる何物かを求むべきである。

思いは過去にさかのぼる。

十九年三月、横須賀海軍砲術学校教官から、折りからトラック島礁外で受けた潜水艦魚雷による被害個所の修理を終わって呉海軍工廠《こうしょう》のドックから出る「大和」に着任、当局のいかなる配慮か、「大和」砲術長のほかに、欠員の副長を兼任することになった。

両職とも、大艦においては欠くことのできない重要配置で、ことに、対敵行動中の主力艦において、これらを一人で勤めることは、他には例のないことであった。

「大和」も、四六センチの巨砲を積まんがために造られた世界最大の戦艦であり、この巨砲群を指揮する砲術長は、至重の責任と、至高の栄誉をになうものであるうえ、とくに、戦雲いよいよ急ならんとする決戦段階に、この配置につき得たことは、真に幸運というほかはなかった。

そのうえ、艦長に代わり、万般の艦務を統制処理する副長の役をあわせいただいたことは、顧みて、優過分に過ぎたるものと思う。

今度の出撃に際しては、砲術長に優秀なる黒田吉郎中佐を迎えて私は副長専任となり、防禦《ぼうぎょ》指揮官としての腕をふるうこととなったが、自他共に認める最高度に訓練された三千の精兵とともに、敵大軍本拠のまっただ中に突入せんとするものである。

この出撃の結末は、言わずして明らかであるが、空海の敵大兵力を一身に引き受け、力の限りを尽くして戦い、殪《たお》れて後已《や》むならば、結末がどうあろうとも、日本海軍の輝く伝統に背《そむ》かず、勇武また古人に恥ずる所はない。

すでに裁定下り、実行の途上にあるこの出撃の可否については、現在、命令を受けて敵に立ち向かいつつあるわれわれ第一線の戦闘員が、いまさらとやかく詮索《せんさく》するまでもない。

ただ、生き残る人々の誠意に一切を託し、甘んじて捨て石となって、皇国の隆昌《りゅうしょう》を希《こいねが》うのみ。偶然か、われ今年四十四歳、忠臣大石良雄が生を終わった年と同じである。彼にしてあの覚悟、永遠に祖国の人心を励まし続けるであろうこの出撃に参加するわれ、死んで何の悔いがあろうか。われにもある父母、妻子、兄弟の悲しみを世の人と同じく思わぬではないが、大義に生きるこの行為をきっとわかってもらえると思う。われ、もって瞑《めい》すべし。

しかし、満足感は人によって違う。とくに、将来への希望に生きる若い人々の心中はどうであろうか。

自己の生命への執着を、この行動で潔く置きかえ得るであろうか。

三千人の中には、諦《あきら》め切れない悩みを持つ人も多かろう。この期に及んでさとり得なかったら、悲愁の情察するに余りがある。

戦いは、だれのたくらむ業《わざ》なのか、抗し得ぬ時の激流を卜《ぼく》して一切を葬り去る深刻な悲劇である。個人の幸福を遠慮なく奪う。

しかし、悲劇を伴わない世界があり得るであろうか。

人があって社会があり、国がある。

確かにそうだ。人の世では、人の幸福は優先して尊重されなければならない。

しかしまた、国あり社会があって、人の生活は擁護される。

それならばやはり、国家社会のために犠牲になる人もなければならない。

その選に当たる人は不運なのか、愚かなのか。全体のために殉ずることは、感謝に価しないのであろうか。

感謝とは何であるか。

正しい個人の行為は、国家社会に貢献する。もしそうであるとしたら、時に個人の意志に背く強《し》いられた行動であるとしても、国民の感謝を思って、満足すべきではなかろうか。

他人の感謝は、諦めの種にならないとはいえ、他人の価値認識を伴わない自己判断もまた、揺るがぬ確信とはなりかねるのではないか……。

盲想！　正に盲想である。

確定的の死を前にして、果てしなく続く。

さとった者、さとり切れない者、思い思いの人々を乗せて、「大和」は沖縄へと急ぐ。

すでに神の支配下にある動きである。

もはや、個人に選択の自由はない。生まれたときに定められたわれわれの運命なのである。

「納得して死にたい！」

とは、「大和」の多くの乗員の頭に閃《ひら》めいた最後の苦悩であったであろう……。

願う！

大戦に生き残られる方々よ！

命令の下、上司の違算も過失も問うことはなく、一筋に身をもって愛国の赤誠を示す人々の尊い死を、むだにしないようにしていただきたい、と。


艦隊は、暗夜の海上を、九州の南岸に沿って航進し、針路を漸次《ぜんじ》右にとって大隅《おおすみ》海峡にはいっていった。

天気、晴朗ならず

明ければ、四月七日。

暗雲低く空をおおい、東の水平線にのぼった太陽も、すぐ雲に隠れてしまった。支那大陸からの黄塵《こうじん》をまじえたミストがたちこめ、視界は五千メートルぐらいか。海上うねりはあるが、風は弱い。

不穏の空気を察してか、きょうは鷗《かもめ》も姿を見せない。

対空対潜警戒を厳にしながら、前進を続ける。

雲が低いので、敵空軍にとっては、艦隊を捜索発見するのに困難があるが、一方、機影を発見されないで艦隊に近接できる利益がある。

われにとっては、敵機が至近の距離に来るまで、射撃も回避運動もできない不利があった。

この状況では、上空射程三万メートル、到着高度一万メートル、一発数機を撃墜し得る主砲対空弾も、活用する余地がない。副砲高角砲をもって雷撃機に備え、一分間に数万発の射弾を送る百数十門の機銃をもって、急降下機および雷撃機を迎え撃つとともに、極力回避運動にたよるよりほかに策はない。

主砲対空弾というのは、三式弾と称し、一発の弾の胴体の中に六千余の焼夷《しょうい》弾がつまっており、空中で炸裂《さくれつ》するとこの弾子が皆発火飛散し、長さ千メートル、幅四百メートルくらいの円錐《えんすい》形にひろがり、爆風と火のホウキで飛行機を払い焼き落とす弾《たま》である。

「大和」の主砲、四六センチ砲は当時、全世界どこの国の海軍にもない巨砲だったことはもちろん、いろいろ独特巧妙な仕掛けがほどこされていた。なかでも特筆すべきは方位盤射撃であった。この射撃法は艦橋最高部の主砲指揮所にある方位盤射撃装置で照準すると、その動きがそのまま電気連動装置で、三基の各砲塔の中にそれぞれ取りつけられた俯仰《ふぎょう》旋回の計器の元針に伝わる。各砲塔射手及び旋回手は目標を見ることなく、この元針に砲塔とともに機械的に動く追針が重なるように砲を操作し、双方の針が一致したところで方位盤の射手が引き金を引くと、各砲塔各砲の弾丸が同時に発射される。二本の針にはそれぞれ接点があり、接触していないと引き金を引いても弾丸は出ない。もちろん、この方位盤射撃装置によらず、各砲塔ごとに単独で、目標をねらい自由に射撃ができるようにもなっている。

引き金を引くと、各砲塔の三門の砲がほとんど同時に発射されるが、弾丸のひく空気波が隣の弾丸に影響干渉し弾道の安定性をそこなうおそれがあるので、三門の発射に若干の時間差をつけ、最初に中央の砲身の弾丸が飛び出し、〇・三秒後に右砲、さらに〇・三秒後に左砲が発射される。発射の反動で自動的に砲身が装塡《そうてん》角度になると同時に尾栓《びせん》が開き、各砲の次の弾丸は、弾庫から揚弾、火薬庫から揚薬装塡され再び発射角度に復元し、四十秒で発射可能の状態になる。砲塔の動力はすべて水圧を使う。

最大射程四万二千メートル。いまかりに四万メートルで敵艦に徹甲弾で射撃を開始すれば第一斉射弾群は発射後九十秒で着弾、四十秒後には第二斉射弾、八十秒後には第三斉射弾が砲を離れているので、最初の弾丸が目標物に到達するときには、第二、第三斉射弾は、同じ弾道を目標に向かって空中を飛んでいることになる。一弾の重量は、約一トン半あり、一斉射で九弾、約十三トン半の鉄塊が飛ぶことになる。

斉射弾の弾着点での散布界すなわち誤差は、「大和」就役初期は、千メートル以上もあって、命中率を悪くしていたが、レイテ沖海戦のころまでには、文字通り寝食を忘れての研究工夫《くふう》と訓練の結果、遠近三百メートルに縮まり、測的精度の向上と相まって、一斉射弾の中から、必ず一、二発の命中弾を得るまでになっていた。

わが海軍が誇った九一式徹甲弾についても、この際ぜひ聞いておいていただかねばならない。弾丸は、炸薬《さくやく》を入れた弾本体と、堅硬な弾頭を保護し甲鈑《こうはん》への穿入《せんにゅう》をよくする被《ひ》帽《ぼう》と被帽頭、そして空中弾道性能を良くするためのとがった複被帽から成っている。

弾丸がもし、目標物に命中した場合は、斜めに甲鈑に当たったときでも、被帽頭の密着により、弾丸がすべらないで穿入し、遅働信管のため〇・六秒後、艦内の弾火薬庫、機械室、罐室《かましつ》等の重要部分で炸裂する。

また、弾丸が水面に落ちた場合には、複被帽と被帽頭がはずれて、水中弾道性能の良い平頭弾となり、弾着点から水面に平行に五、六十メートルくらいは走るから、命中する範囲が、いちじるしく増加した。

水面に落ち、複被帽がはずれると、中の空所に詰めてある色素が水にとけ、奔騰する水柱に着色する。単独で、一つの目標に打ち込むときには必要ないが、二、三隻の艦が同時に、同じ目標を射撃する場合は、自分の弾着を知らねば射弾指導ができないから、この方法はきわめて有効である。たとえば、「大和」の弾《たま》は無色であるが、「武蔵」は水色、「長門」は桃色等、自他の弾着を完全に見分けることができる。高さ百五、六十メートルに達する弾丸の水柱が、九弾そろって上げる水の幕は、壮観そのものである。レイテ沖海戦では「大和」、「武蔵」、「長門」らが米艦隊に対し、一斉射撃を行なった。このとき三色の色つき水柱が多くあがったが、太陽の光線の加減で何色にも見えたのであろう。米兵たちが「敵はテクニカラーでやってきた」とおどろいた話がある。

遠距離から見ると、この水幕は一分間以上も消えない。水幕に比べると、敵艦があまりにも小さく見え、ともすると、観測を誤ることがあり、この点に、主砲射撃指揮官である砲術長の、長年にわたりみがかれた鋭敏なる感覚と技倆《ぎりょう》が必要である。一発一トン半ある「大和」の四六センチ主砲徹甲弾は、戦闘距離のいかんにかかわらず、敵艦の装甲鈑を貫くことが可能である。

搭載《とうさい》主砲弾数、九一式徹甲弾各砲百発、三式対空弾三十発。総計一千百七十発。これだけの弾丸があれば、敵の全主力艦を相手にしてもだいじょうぶだとの自信があった。これは陸上部隊に換算すれば野砲十個師団以上の破壊力に相当した。

六時三十分、たった一機搭載の偵察機を操縦士二人とも乗せて射出発艦、鹿屋《かのや》基地に送った。

「大和」には六機の偵察機を搭載、さらにもう一機格納できる余地を持っていた。しかしレイテ戦以来は一機を確保しているのがやっとだった。そしてその一機でもむだにはできないときの日本であった。「大和」に搭載していって、いざ敵の大編隊と遭遇した際、射出しても、たった一機の偵察機ではタカの群れにスズメを放つようなものである。また、搭載したままの状態で海底に沈めてしまってはそれこそもったいない。

「大和」に残って皆と運命をともにするとがんばる二人の操縦士にも、別の場で存分に腕をふるえとこんこんといいきかし、納得させて飛び立たせた。機は二度ほど艦上を旋回、機首を北に向けて去っていった。

七時ごろ、左舷間近を、輸送船が一隻すれ違う。

輸送船より手旗信号。艦隊出撃の目的を知ってか知らずにか、

「ご成功を祈る」と。

「大和」からこれにこたえて、

「安全なる航海を祈る」と返信す。

わが身を忘れて、危険海面をひとり行く輸送船の、無事内地帰港を祈った。

北の方、澄んだ水平線に、突兀《とっこつ》たる姿の開聞岳が見える。

それもやがて波のかなたに沈み、大隅海峡を抜け、敵潜水艦に備えて之字運動を続けながら、十八ノットの速力で、西進を続けた。上空の視界は依然として悪く、雲高《うんこう》一千メートル、ところどころにスコールがあって、展望がきかない。

そのころ、「大和」出撃の報を受けた米第五艦隊司令長官スプルアンス大将は、戦艦部隊のデイヨ少将に、戦艦六隻、巡洋艦七隻、駆逐艦二十一隻を率いて迎撃を命じた。しかし、第五十八機動部隊司令官ミッチャー中将は、「大和」は自分の〝獲物〟だと確信し、四時には、スプルアンス大将の命令を待たずに第五十八機動部隊を北上させ、四十機の戦闘機を索敵に飛ばしていた。

八時十五分、断雲を縫って突如、艦載戦闘機三機、「大和」の前方上空至近の距離を左から右へ航過！

あっと叫ぶ暇もなかった。

胴体に明らかな星のマーク！

米空軍は、確実にわが艦隊を捕捉した。全身が引き締まる思い、にわかに闘魂がわき起こる。数こそ少なけれ、帝国海軍の最精鋭、全世界の注視を浴びて、敵主力と雌雄を決せんとす。

衆寡《しゅうか》の隔絶、この作戦に成算はない。それを承知しての出撃である。心中淡々、ただ全力を尽くして平素修練の効をためさんのみ！

乗り組員の目は輝いている。昨夜までの暗い影はどこにも見当たらない。さすがは精兵である。

突然、左方の駆逐艦「朝霜」から「ワレ主機械故障」との信号。見ると隊列からすこし遅れ気味である。いよいよという大切なときに、どうしたことか、早く修理できればいいが……見ている方が気が気でない。まもなく、われわれの期待を裏切り、「ワレ続行不可能」の信号を送るとともに、次第に遅れ出し、とうとう見えなくなってしまった。敵のまっただ中に、たった一隻、しかも機関の故障でとり残された艦の運命は、いわずして明らかであった。

その直後の八時四十五分——

敵マーチン飛行艇二機が、艦隊のはるか前方、見通しのきく低空をS字型に飛び、艦隊の針路、速力、隊形を刻々報告しはじめた。

距離約三万メートル。主砲対空弾を三発放って威嚇《いかく》したが、発砲と同時に反転して巧妙に弾着を避け、執拗《しつよう》に触接して離れない。

その時、機関を故障し、ただ一隻で隊列を離れていった「朝霜」からの電報受信、「艦爆見ユ」ついで「機数四十機」、あとは完全に沈黙してしまった。敵編隊はまず「朝霜」を血祭りに上げたのだろう。

その最期がどんなものであったか、艦長杉原中佐以下ただ一人の生存者もいなかったため、知るよしもない。

艦隊はすでに敵の監視下にある以上、迂回《うかい》航路をとって到達時刻を調節するのはむだなので、八日未明に沖縄の敵泊地に突入せんとする計画を放棄し、一歩でも敵に近づかんものと、それからはまっすぐ沖縄に向かうこととなった。こうなると泊地到達は二の次で、いかにしてまず、当面の敵空軍を撃破するかにある。戦闘準備を完成し、対空警戒を厳にして進む。

九時三十分、十時——時間が経過する。意外な静寂が続く。

嵐《あらし》の前の静けさ！

朝から天をおおっていた暗雲も、このころには青空がところどころに見え始めて、対空射撃関係員を喜ばせた。

敵攻撃隊は、次々に母艦を発進して「大和」攻撃準備中であろう。


第一艦橋では——

第二艦隊司令長官伊藤整一中将が、大本営に「ワレ触接ヲ受ク」と打電したあと、近くの者に、「鹿屋からの直掩機《ちょくえんき》に連絡はつかぬか」と聞かれた。後ろに控えていた参謀が「連絡はとれません」と答えた。

実はこの直掩機は、日の出前に鹿屋基地から偵察機十二、三機を出動させるという連絡があったものだ。無謀なこの特攻の説明に苦しい役を務めた連合艦隊参謀長草鹿龍之介中将のさしずだったかもしれない。この少数機ではどうなるものではないが、ともかく期待はあった。しかし、ついに艦隊乗員の目には触れなかった。

事実は、われわれが知らなかっただけで、八時ごろ第五航空艦隊の零戦二十機が第二艦隊直掩に出撃しており、二、三時間後に鹿屋基地に帰着していた。

一部の戦記にはこの直掩機は全部撃墜され、その中に、劇的にも伊藤中将の一人息子《むすこ》、叡《あきら》中尉が搭乗、父は子を思い、子は父を守りつつ同じ日に戦死したと伝えられているが、記録によると筑波航空隊所属の伊藤叡中尉は、「大和」の沈んだ前日（四月六日）菊水一号作戦で沖縄に出撃したが無事帰還している。しかし四月二十八日、六十五機の特攻機の一機として沖縄に出撃して見事花と散っている。

空襲がいつ始まるか、これから先いかなる事態が起こるか予想がつかないので、静かなうちにまず腹ごしらえをしておこうと、烹炊員《ほうすいいん》を急がせて、十一時、早めの昼食につけた。何十個所もある隔壁防禦扉蓋《ぼうぎょひがい》が、完全に閉鎖され、交通は、人が一人ようやく通れるくぐり穴で行なうので、艦内各配置に分散した三千人余りの乗員に、迅速《じんそく》に漏れなく配食するのはひと苦労である。

十一時三十分、九州から台湾までの諸島でただ一つの望楼である、南大東島の海軍見張り所から、「敵艦載機の大編隊北上中」との無線報告がはいる。B29なら本土爆撃への飛行だろうが、艦載機ならば、正しく「大和」を目ざす敵機だ。

いま南大東島なら、会敵は何分後だろうか――とっさに頭のなかで計算する。いずれにしても腹が減っては戦《いくさ》はできぬ。さらに配食を急がせる。

堀井主計長から、「配食終わり」の報告を受けたのは、十二時近いころであった。握り飯に沢庵《たくあん》――。

これが、大多数の乗員の、最後の食事となった。

レーダーに感度あり

十二時十五分――

突然の警急警報に、食べかけの握り飯を差し置いて、総員戦闘配置につく。電波探知機により、敵機の大群が、近接中であることを知ったのである。

敵編隊は、百五十度方向（左前方）距離は約七万メートル、まだ遠いが刻々近づく。全員の目が、その方向をさがす。

いよいよ、きたるべきものが来たのだ！

有賀艦長は、艦橋を出て、前檣楼《ぜんしょうろう》最高所、上空視界のきく防空指揮所に移る。私は司令塔内防禦《ぼうぎょ》指揮所へ降りた。

「大和」から各艦へ旗旒《きりゅう》信号、

「開距離三千メートル」

「第五戦闘速力となせ」

各艦は、「大和」を基準に距離を開き、同時に二十五ノットに増速した。

敵編隊は、艦隊を包囲するごとく、左と右に分進しながら、近接するようである。

晴天ならば当然、主砲、副砲の対空射撃の効果を期待するところである。

艦隊上空の雲高は、依然として千メートル前後。

敵は、雲を縫って近接し、わが直上より急降下に移るは必定。雲の中から突然舞い下がって、射点につく雷撃機も、なかなか発見困難で、かえって見のがしがちである。

この天候では、敵機が、雲の中から姿を出すのを待つよりいたしかたがない。

有賀艦長の声、

「雲が低い、上空近距離に気をつけ!」

機械室より、

「二十五ノット回転整定」

有賀艦長から、各指揮官へ、

「本艦速力二十五ノット」

白波を蹴立《けた》てて、艦隊は驀進《ばくしん》する。

色もあざやかな旭日の大軍艦旗、きょうを晴れの日と、「大和」の檣頭高く翻《ひるがえ》る!

皇国の興廃は、まさにこの一挙に在り!

堅き決意の伊藤長官、悠々《ゆうゆう》、微笑をたたえて、依然として無言——。

敵と向かい合ってしまえば、肚《はら》が据わるものであるが、まだ機影をつかまず、四方に気を配り上空をにらんで待つこの数分間は、幾時間にも感ぜられる一番気の落ち着かない時間である。あせってはいけない。落ち着け落ち着け——落ち着いていると思っている自分自身に声をかけ、自分を確かめ気を静める。
敵機の編隊は、いよいよ目睫《もくしょう》の間に迫った。

この出撃が、片道分の燃料で、短艇は全部陸上に預け、機密書類を処分して出た覚悟の行動であることは、前に述べた通りである。片道分の燃料しか積まなかった理由は、「大和」に十分積み得る燃料の持ち合わせが、海軍になかったのである。

現に、横須賀と呉に繋留《けいりゅう》したままになっている戦艦「長門」、「榛名」の両艦が、帝国海軍最後の出撃となるこの沖縄特攻に加わらなかったのは、両艦を動かす燃料がなかったからだ。

平時、艦隊が、必要最小限度の訓練を行なうにも、年に数十万トンの燃料が必要であった。その燃料は、ほとんど全部、海外からの輸入でまかない、なおそのうえ、戦時用の燃料を、コツコツと蓄積しなければならない状態で、燃料関係当事者の苦心は、一通りや二通りではなかったのである。

戦争第一年は、この買い集めた燃料で、遂行することができた。

第二年以後は、幸い南方占領地の油を利用することができたので、燃料の心配はまずなかったが、戦争の後半期にはいり、占領地を次々と失うにつれて、燃料の産地を失い、輸送路の確保も困難となり、油送船の被害による減少と相まって、燃料は次第に逼迫《ひっぱく》するに至った。

そして、成否を度外視し、海軍の栄光を賭《か》けたこの一戦に、「大和」に搭載《とうさい》する燃料が、ようやく片道分というせっぱ詰まった結果となったのであった。

人間ならば、食べ物がなくても数日はがんばるが、燃料が切れた艦は、一メートルも進まない。

燃料の問題に加えて、絶対生還を期し得ない他の理由があった。それは、あい対する彼我の兵力差である。

いかに精練で軍艦の威力が優越しても、多数と対抗するには、おのずからそこに限度がある。敵はいま、全力を沖縄に集中しており、その膨大なる海空勢力を、「大和」一艦で相手にせねばならない。

「大和」が当面する敵兵力は、当時の情勢から、少なく見積もっても、空母十五隻、戦艦十隻、巡洋艦十五隻、駆逐艦数十隻、このほかに、魚雷艇および潜水艦多数と予想された。

四月八日の未明に、沖縄の敵泊地もしくは陸上基地を、「大和」の主砲の射撃圏内に入れんがためには、七日の昼間から、随時随所に、敵の攻撃を予期して進まねばならない。

敵は、七日の昼間、艦載機の全力をあげて空襲するであろう。

七日の夜は、駆逐隊、魚雷艇隊が、魚雷攻撃を終夜反覆実施するであろう。

戦艦および巡洋艦戦隊は、八日の夜明け前に「大和」を捕捉するように行動布陣し、得意の夜間電探射撃をもって、圧倒的多数弾を集中し、「大和」を一挙に撃沈せんと図るであろう。

その間にも、潜水艦が攻撃の機会をねらう。

空母十五隻の出動機数——

一隻二十機として計算してみても合計三百機、その搭載爆弾二百五十キロもしくは五百キロのもの数百個。搭載航空魚雷、数十本。戦場までの距離が近いから、要すれば攻撃を反覆することも可能である。

戦艦に対する雷爆撃の効果については、開戦劈頭《へきとう》、マレー沖で、わが海軍航空隊が撃沈した英戦艦プリンス・オブ・ウェールスおよびレパルスの例、レイテ沖海戦で、米艦載機の攻撃を受けて沈没した戦艦「武蔵」の例によっても明らかで、あえて多言を要しない。

夜間、四方から肉薄蝟集《いしゅう》して魚雷を撃ち込む駆逐艦隊および魚雷艇隊を阻止撃攘《げきじょう》しつつ、網の目のごとく左右から、多数同時に走り来る魚雷を、全部回避することは不可能である。

待ち構える敵戦艦の主砲数——

四〇センチ砲九門搭載の新式戦艦五隻として四十五門、三六センチ砲十二門搭載の旧式戦艦五隻で六十門、合計百五門、一斉射の発射弾数百五発、一分間に二斉射として二百十発。その鉄量合計約百七十トン。

巡洋艦の主砲数――

二〇センチ砲九門搭載の艦のみとして、十五隻で百三十五門。一斉射の発射弾数百三十五発、一分間に三斉射として四百五発。一弾の威力は少ないが、甲板上の重要兵器諸装置に対する破壊力は、決して無視できない。

これだけの砲弾を数分間浴びたら、浮力を失わないまでも、甲板上、原形をとどめないまでに破壊されて、たちまち戦闘力を喪失すること、これまた明らかである。

「大和」が、昼間、敵戦艦戦隊と堂々対戦し得るならば、「大和」の主砲四六センチ砲の射程四万二千メートルと、敵四〇センチ砲の射程三万七千メートルとの射程差五千メートル。敵戦艦がその射程差を縮め、搭載の主砲を「大和」めがけて発射できるまでの距離に達する前に、その数隻を屠《ほふ》ることは、「大和」の四六センチ砲の威力、精度、射撃技倆《ぎりょう》および優速をもってすれば、きわめて容易である。

しかし、わが電探射撃の限度は、三万メートルぐらいであったから、夜間は、この射程差を活用することができず、電探に自信のある敵は、当然、昼間の会敵を避けて、夜間戦闘の機会を選ぶと思われた。

泊地到達は至上命令であるから、敵の配備がいかに堅固であっても、予定の計画を強行せねばならない。

昼間の航空攻撃。

夜間の魚雷攻撃。

払暁の砲撃。

そのうち、いずれの一つをくぐり抜けることができても、それは奇蹟《きせき》である。この堅固な三重の防禦幕を突破して、「大和」が、果たしてどこまで行き着き得るであろうか。

この状況から判断しても、第二艦隊の出撃には、絶対不生還の前提が置かれてあったこと、出撃命令に示された戦闘目的の達成は不可能であること、従って求めるものは何物であったか――、読者諸兄にはわかっていただけると思うと同時に、それを承知で出撃する乗り組み員の覚悟のほどを、知っていただけるものと確信する。

かような状況の下にありながら、乗り組み員の闘志はきわめて旺盛《おうせい》で、理屈で考えると万に一つの望みであるが、幸い沖縄に到達し得た場合には、艦を陸岸に乗り上げて、最後の一弾まで撃ちまくり、生き残った者は岸にはい上がって、所在の先任者が指揮して敵の陣地に斬《き》り込もうと話し合った。

火蓋は切られた

敵機の近づくのが、まどろっこしいぐらい長く感じた。私のそばにいる兵の視線が、計器盤中央の時計にばかり走る。私もつい誘われて、無意識に時計を見る。針がとまっているかのごとき錯覚にも襲われる。その緊張感を破って「機影発見！」の報告。ついに来た。

十二時二十七分、百三十度（左前方）と二百十度（右前方）の方向に敵艦載機の大編隊を視認。距離二万五千から二万六千メートル、たれこめた雲と雲との、わずかな切れ目に、黒ゴマをまいたような、無数の機影が認められた。十数機ずつの編隊があとからあとへと続く。そしてすぐ雲海に姿を消していく。意識的な行動なのだろうか。そうだとすれば雲から雲へと渡り歩くという天象を利用した、敵ながらあっぱれの戦法。

二手に分かれた敵大編隊は、わが艦隊を雲上から遠巻きにしながら、漸次距離を縮めて来る。十五メートル測距儀が、右に左に忙しく動き、敵機の動きをとらえる。電測室からレーダー観測の結果が次々と流れてくる。その距離が、〝冥土《めいど》への一里塚《づか》〟のごとく、刻一刻とせばまってくる。

一発火のホウキとなって、敵機を払い落とす主砲三式弾の射撃には絶好の距離。主砲が悠々《ゆうゆう》と動き出し、方位を定めたが発射しない。艦橋最上部の主砲射撃指揮所に陣取り、敵機影をすでに一瞬のうちにも視認しているであろう砲術長黒田吉郎中佐の心境いかに。おそらく敵機が雲から雲へと巧みに姿をかくすため、目標がつかめないのであろう。搭載《とうさい》のレーダーも、それをたよりの射撃ができるほど精密なものではない。視認して撃つ方が確実である。晴天ならそれができるが、いまは雲が濃くたちこめている。雲高千メートル、視界三千から五千メートル。そのうえ、これから沖縄敵泊地に突入し、撃って撃って撃ちまくらねばならない貴重な弾丸、一発必中主義の海軍の伝統もある。やむなし。黒田砲術長いわく「天象、きわめて敵に有利なり」。

敵機は「大和」頭上に至り、半径二十キロぐらいで「大和」中心に右回りに回っているようす。いつ攻撃を始めるか。

わが用意は整えり、覚悟は決まったり、いざ戦わん。

十二時三十五分——

左前方層雲のなかから「大和」めがけて、獲物を襲う鷲《わし》のごとくに突っ込んで来た戦闘機三機。それを皮切りに、その付近の雲のなかから続いて二機三機と急降下。

「砲撃始め！」有賀艦長号令。

第二機銃群が先頭を切って射撃開始、ダダダダ……という耳をつんざく射撃音と同時に、機銃弾が天に向かって飛び出す。間髪を入れず高角砲、機銃、全砲銃いっせいに火を吐く。数百数千の弾痕《だんこん》が交錯、さながら赤い火のスコールである。五発に一発の割り合いでこめられている曳光弾《えいこうだん》が赤茶色の尾をひいて上空へ吸いこまれる。敵機は艦すれすれにまで降下、乗員の表情が見えるほどの至近距離まできて、さっと体をかわして舞い上がる。六機から十機の小編隊で攻撃、間隔をおいてぐあいよくやってくる。

「取舵《とりかじ》いっぱい！」との有賀艦長の号令と、爆弾が至近海面を打って炸裂《さくれつ》するのとほとんど同時であった。

急転舵《てんだ》で、艦は大きく右に傾いて左に旋回。

切れ味よく身をかわす「大和」に右からも左からも急降下機の殺到！

右舷《げん》から異方向雷跡三本！

紺碧《こんぺき》に澄みきった大海原を、ひときわ白く航跡を引きながら、音もなく「大和」めがけて直進してくる。急降下機に気をとられ、いつ投下されたのかわからない。

艦は、面舵《おもかじ》いっぱいで、辛うじてこれを回避。魚雷はなおいっそうの白跡を残して「大和」から遠ざかる。

敵は推定二百機以上（米軍記録では二百六十機）の雷爆同時攻撃である。

急降下と雷撃の交錯！

全砲火の反撃と回避運動！

春の海は、一瞬にして爆音とどろき砲煙渦巻く修羅《しゅら》の巷《ちまた》と変わった。

砲煙、水煙の立ちこめるなかで、「大和」の左前方にいた駆逐艦「浜風」が濛々《もうもう》とした黒煙を吹き上げ始めた。数秒後、真っ赤な火柱に包まれながら左傾斜、艦尾を上にして艦首から白泡《はくほう》のなかに姿を没した。さきに機関の故障で隊列からおくれて集中攻撃を浴び、轟沈《ごうちん》したであろう「朝霜」に続く被害。

敵機も、視界をさえぎる雲のため、正規の攻撃位置がとれずに混乱の体。

それでもなかなか勇敢で、戦闘機は槍《やり》ぶすまのように吹き上げる対空砲火を縫って、キーンと金属音を響かせながら、逆落《さかお》としに、ほとんど垂直になって突っこんでくる。赤茶色の髪の毛、大きな航空眼鏡《めがね》、高い鼻、操縦桿《かん》を握る米人の人相がはっきり見られ、機銃を撃ちまくりながら艦に突き当たるかと思えるほどに接近、次の瞬間、さっと機腹を見せて反転して遠ざかっていく。その撃ち出す機銃弾のうち、三発に一発か、五発に一発かの割り合いで混入されている曳光弾は、真正面から浴びると、一瞬だが、肉眼ではっきり見える。だから曳光弾が二発見えると、その周囲には七、八発の見えない機銃弾が飛んで来ているのだ。

急降下爆撃機は——もちろん単発だが——急降下を始めると同時に、左右両翼につるしている爆弾を離す。黒光りする爆弾は、急降下する爆撃機より早く一直線に落下するが、爆撃機は機銃を乱射しながらも、自分が投下した爆弾が命中炸裂する寸前に身をひるがえす。

雷撃機は、はるかかなたから速度を落とし、高度を下げ、十度ぐらいの進入角をとって、砲火を避けるため左右に蛇行《だこう》する稲妻航法で来撃、機腹をあけて太い葉巻きにそっくりの魚雷を投下、機銃掃射はせず、すぐ反転する。放たれた魚雷は、水中にはいるとスクリューを回転し、水を攪拌《かくはん》した白い航跡を曳《ひ》きながら、三十から四十ノットのスピードで、

「大和」めがけて突進してくる。

敵機が近接して攻撃が開始されると、もはや主砲の射撃は不可能となる。主砲砲台そのものは、四六センチという巨弾を発射しても反動を自動的にほとんど吸収し、艦自体に震動を伝えない。しかしその爆風は猛烈で、十メートル半径ぐらいに立つ者は吹きとばされてしまう。そのため主砲発射のときはブザーが鳴り響き、露天甲板にいる者は甲板から退避、もしくは遮蔽《しゃへい》物に身をかくすことになっていた。またその砲煙も濃く、発砲の瞬時各砲指揮官、射手らを盲目にしてしまう。だから高角砲、機銃で迎撃を要するこの時点では、主砲射撃はあきらめざるを得なかった。

副砲も急降下してくる戦闘機、爆撃機には仰角が足りず、絶好の目標となるべき対雷撃機射撃も、あまりにも激しい艦の回避運動、急旋回に伴う五度から七度の傾斜や動揺の連続で照準がつかなかった。

残された戦力、高角砲機銃は必死の反撃、しかし、機影の発見はときすでに至近にすぎ、また副砲と同じく艦の転舵で照準発射がきわめて困難、目前を飛びかう敵機めがけて発射し、機影のあとあとを撃つありさま。思うように戦果があがらず、弾丸はむなしく消えさる。

急降下に気をとられると魚雷を見のがし、魚雷に対応すれば急降下が回避できず、敵機が多いだけになかなか困難な戦闘。敵機は間断なく突っ込んでくる。

私は防禦《ぼうぎょ》指揮所内で、背付きのイスに腰をかけ、壁いっぱいにひろがる計器類に目を配っていた。と、いきなり体が左右にゆれた。軽微な震動なれども、艦の砲撃震動とも、波の舷にくだける震動とも違う。続けて腹に響くドォーンという遠雷にも似た炸裂音——直撃弾である。

十二時三十七分。最初の命中爆弾、推定二百五十キロ二発、場所は後部電探室付近。

近くの後部応急員詰め所から電話で連絡。

「後部電探室に直撃弾、電探室員総員戦死」……それによると、後部電探室の鋼鉄鈑は真っ二つに裂け、上部は小片となって飛び散り、内部計器はあとかたなきまでに破壊、勤務員十二名は一瞬にして散華、なかには一片の肉塊すら残さぬ者もあった。またその弾片が後部指揮所に飛び込んで、指揮所内方位盤観測鏡についていた主砲第三砲台長村重進大尉の後頭部をえぐりとった。

私の目前に、手さげカバン大の「表示盤」がある。これは主砲第一砲塔から機銃にいたるまでの全弾庫、火薬庫に直結しており、庫内の温度が異常に上昇したりすると赤ランプがつき、爆発寸前になるとブザーが鳴る装置。

このとき、後部副砲弾庫の赤ランプがついた。応急員から電話で「後部副砲弾庫、小火災発生」が伝えられた。

弾火薬庫の異状は致命的である。火災のために弾火薬庫内の温度が上昇しすぎると、副砲弾の装薬が誘爆するおそれがあり、爆発すると、次から次へと他の弾火薬庫の爆発を誘起し、自ら轟沈しかねない。

――十九年五月、四万五千トンの巨艦で「大和」、「武蔵」につぐ四〇センチ砲搭載戦艦「陸奥《むつ》」が、瀬戸内海柱島《はしらじま》沖で轟沈した。原因は、当時日本海軍の最新兵器として作られた三式弾の、きわめて鋭敏な信管を不注意な取り扱いから爆発させ、これが他の火薬をも誘爆したといわれている。「大和」の各砲弾庫には完全な注水装置が装備されており、注水すると爆発の危険は去るが、数百発の副砲弾が使用不可能となる。

私は近くにいた伝令に「電話で火災の程度を確かめ!」と命じようとしたとき、詰め所の応急員から電話で「後部副砲弾庫、火災鎮火」、「油布が燃えた程度」との報告がはいる。

ホッと胸をなでおろす。

左舷三連装機銃からの発射がハタとやむ。高射長の伝令が聞く。

「機銃、弾丸《タマ》出ない!」、「ハイ!」

「どうしたか」、機銃群指揮官からの返事なし。

艦橋下にある弾火薬庫から弾薬を運ぶ運搬員二人のうち、四十歳近い補充兵が敵攻撃のあまりのおそろしさに足がすくみ、いったんはいった弾火薬庫から出られず、機銃弾を補給しないため射撃できなかったのだ。もう一人の運搬員は十八歳の志願兵、敵弾おそるるに足らずとばかり弾薬を運搬し、まもなく三門中二門からは弾丸が飛び出すようになったが、他の一門からは、その銃座が敵の爆弾で飛び散るまで弾丸が出なかった。

「大和」後方で戦闘を続けていた巡洋艦「矢矧」の右舷艦尾に魚雷命中、たちまち停止。右舷機関室を破壊されたらしい。浸水激しいらしく右側に傾斜、このため敵雷撃機の集中攻撃を受けている。しかし高角砲がよく健闘、敵雷撃機七、八機を撃墜したようす。

駆逐艦「磯風」、「矢矧」乗艦の水雷戦隊司令官古村啓蔵少将や「矢矧」艦長原為一大佐をはじめ乗り組み員救出に接舷しようとしたが、敵機の攻撃が激しく接舷不可能だった。その「磯風」も「矢矧」に接舷しようと艦速をおとしたためか、数発の命中弾をあびる。濛々《もうもう》たる黒煙をあげながら停止、「磯風」は戦闘終了後、乗り組み員を他艦に収容して「霞」とともに自沈した。

「大和」は左に右に舵をいっぱいにとりながら懸命の回避運動。有賀艦長の第一艦橋の茂木航海長に下す「面舵！」「取舵！」の号令が、伝声管も割れよとばかり響きわたる。

突如、ズシーンと鈍い衝撃音、直撃弾よりさらに音は低いが、艦の震動ははるかに激しい。左舷前部に魚雷一本、初の命中、水防区画を貫き船艙《せんそう》倉庫へ穴をあける、浸水。

わが高角砲、機銃も相当の活躍。稲妻飛行をしてくるものの、戦闘機や爆撃機より速度のおそい雷撃機を数機撃墜した。

十二時五十分、最初の大集団の空襲が終了して、潮の引くように敵機は去った。

直通電話の紫色のランプがつき、ブザーが鳴る。兵がすばやく電話機をはずす。ここ防禦指揮所と艦の重要個所——たとえば艦橋や防空指揮所、各詰め所など——との間には直通電話や伝声管で結ばれ、他の個所へは中甲板の主砲発令所の隣にある交換台を通じて結ばれている。

それらの電話で被害状況が続々報告される。魚雷一本、爆弾二発命中、機銃掃射による死傷者が多かった。

全艦の指揮中枢である前檣楼《しょうろう》各部はとくにねらわれ、有賀艦長が陣頭指揮をとっている露天の防空指揮所の見張り員、伝令が機銃弾に倒れた。

伊藤長官のいる第一艦橋は、厚さ二センチ近い特殊鋼板で囲まれ、機銃弾は通さない。しかし、外界視認のため胸の高さに、縦六十センチ、横四十センチぐらいの窓が、三方ぐるりと設けられている。平素は、特殊ガラスを通して外を見るが、戦闘中は被弾して割れて飛び散る危険があるのでガラスを全部降ろす。その窓から、機銃弾が飛び込み、見張り員三名戦死、担架で運び出された。

両舷の機銃群の射撃指揮官にも死傷者が多かった。指揮塔から半身を乗り出し、指揮棒をふるって目標を指示するため、鉄兜《てつかぶと》をかぶり二貫目（約八キロ）近い重さの防弾チョッキを身につけてはいるものの、機銃直撃弾、爆弾破片には耐えられない。

戦闘のあいまを利用して、傷者の運搬、屍体《したい》の収容、破壊物の除去、足場の整理、銃側に山積する打殻薬莢《やっきょう》の処分、故障兵器の応急修理、弾薬の補充などを手分けして行なった。

中部甲板で、爆弾破片に右腕を砕かれ、倒れた少年兵があった。

分隊士が、そばを通り過ぎようとするのを見て、

「分隊士！ 沖縄はまだですか、沖縄は？」

と、苦しい声で叫んだ。「大和」が行き着く先は沖縄と聞かされていたこの少年兵は、重傷を負うても、他のことは考えていない。

分隊士は、

「佐藤か！ 沖縄はもうすぐだ。傷は浅い、しっかりするんだ！」

と励ましたが、返事を聞いて、佐藤二等水兵は、かすかにうなずいて瞑目《めいもく》した。

我に利あらず

中甲板以下では、応急班員が、被害個所探知と、浸水水圧で膨張する隔壁を、補強するのに忙しい。

放っておけば、亀裂《きれつ》漏孔を生じ、それを通って海水が容赦なく次の区画に浸入する。

装甲鈑《はん》内部の艦重要部分は健在で、死傷者なし。

副砲長清水芳人少佐は、敵急降下爆撃恐るるに足らず、と意気ごむ。数十発の投下爆弾中、命中弾はたったの二発、いわく「いいなァ、この分では沖縄まで行けるぞ」

十三時すこし過ぎ、二、三十機数群、百機以上の大編隊を、二百度（南々西）方向に探知。

大編隊は、爆撃機三、雷撃機二、それを護衛する戦闘機四程度の割り合いで、獲物をねらう鷲《わし》のごとく、前回と同じ戦法で艦隊を遠巻きにしながら近寄って来た。

十三時十八分、敵攻撃開始。

右から左から、戦闘機が舞い降りる。すさまじい敵の爆弾攻撃、機銃射撃。

キューン、キューン……機銃弾が一メートル間隔ぐらいで艦上を横断、縦断、艦橋や甲板の鋼鉄鈑に当たるとカンと甲《かん》高い音をたててはねかえる。わが高角砲は十秒間隔で、機銃は絶え間なく、閃光《せんこう》とともに果てしない銃弾を発射する。

第二波の初期攻撃は雷撃機が多かった。雷撃機は左舷側ばかり攻撃をかける。第一波時の副砲高角砲迎撃にこりてか、さらに遠方から雷撃進入角度をとり、低空を一直線に「大和」めがけて突っこんでくる。副砲が雷撃機に対して砲火を開く直前、魚雷をパッと放して左右に飛びかい、砲火を避ける。なかにはそのまま近接、機銃射撃に移るのもいた。

「大和」は、襲いかかる魚雷群を、巧みにかわしているが、それだけ艦の動揺が激しく、副砲も真価を発揮できない。

機銃群の照準装置射撃も、電纜《でんらん》が直撃弾でずたずたに切断され、射撃は一基ずつの銃測照準発射となる。相対速度から、敵機進行前方をねらって射撃すれば命中率もよくなるとは知りながら、撃つか撃たれるかの瀬戸際《せとぎわ》にくると、銃先《つつさき》は目前を通過する星のマークもあざやかな敵機そのものに向けられ、ともすると、機銃弾が敵機の後方に流れてしまう。そのうえ、量の多すぎる敵機に目標をつけるひまさえなかった。直撃弾による機銃砲台の破壊が相つぎ、「大和」の迎撃能力次第に低下。

このころになると、敵の攻撃はますます激しくなった。またもやズシーンと腹に響く衝撃、上体がグラッと傾く。二本目の魚雷命中。続いて三本目の魚雷も受ける。いずれも左舷中央。「回避できなかったのだろうか」との念が、一瞬走る。すぐ「被害状況を調べろ」と下命。その少し後に、四本目の魚雷が左舷後部に命中。副砲発射時の衝撃や、急速旋回のさい、舷に当たる波頭の衝撃かとも思えるほど、割りに小さなショックだったが、被害を調べさせると、まさしく命中魚雷だった。相つぐ魚雷命中で、左舷の防水区画に海水が浸入、わずかに艦が左に傾く。はじめは回避運動による傾斜と思えたほどだった。

直撃弾があってもその炸裂《さくれつ》音は、砲銃の発射音に消されてたいして響かないが、その爆風は猛烈で、近くの者は海中に吹き飛ばされ、遠い者でも鼓膜を破られる。艦内にいても、至近弾は厚い鋼鉄鈑を通して爆風を感じさせるほどだった。

爆弾がはずれて海面に落ちると、海水がザザーッと奔騰《ほんとう》、高さ四、五十メートルの水柱となる。舷側《げんそく》至近に落下すると、奔騰する海水にあおられて艦は上下にきしみながら大きくゆすぶられる。水柱がくずれて甲板に落ちると、ガーンと鉄塊をぶつけたような大きな音がし、海水は津波のように甲板を洗う。

回避運動中、艦の左右に林立する大水柱のなかに突っこむと、せまい第一艦橋の窓から洪水のごとく海水がなだれ込み、伊藤長官も森下参謀長も全身ぬれネズミとなった。

魚雷被害のため立ち往生し、右側に傾斜していた巡洋艦「矢矧」は、艦尾から急速に沈みはじめ、ついに十三時二十分、海中に没した。

「大和」は左舷中部に二本、同後部に一本、計三本の命中魚雷で、各所に浸水。

左舷の被害が多いために、艦は左に七、八度近く傾いたが、注排水装置右舷タンクに注水して、極力傾斜をおさえ、傾斜は間もなく少々程度に復元した。

艦の傾斜が大きくなると、砲および照準装置の旋回が重くなり、照準発射が困難になって攻撃力を減却するのと、「大和」のごとく、艦の幅が四十メートル近くもあると、傾斜が大きい場合、両舷水線付近の一番厚い装甲鈑が水面上に露出して、敵の攻撃に対し、水線付近保護の用をなさなくなるので、艦を極力水平に保つことが必要である。

注排水装置は、敵の砲爆弾魚雷等により、被害個所に浸水して一方に艦が傾いた場合、

奪還の日

刑事の挑戦・一之瀬拓真

書き下ろし

堂場瞬一

累計52万部の人気シリーズ

捜査一課×福島県警
合同捜査、
そして対峙――

都内で発生した強盗殺人事件の指名手配犯を福島県警から引き取り、護送中の一之瀬たちが襲撃された！ ●860円

手習重兵衛 刃舞〈新装版〉

鈴木英治

親友と弟の仇である妖剣の遣い手・遠藤恒之助を倒すため、新たな師の下〈人斬りの剣〉の稽古に励む重兵衛だったが……

●640円

女心についての十篇 耳《みみ》瓔《よう》珞《らく》

安野モヨコ 編

女心は、可憐でしたたか。名短篇と安野モヨコの挿画が誘う、思春期、同性愛、家族に戸惑う女たちの人生賛歌。

●540円

棟居刑事のガラスの密室

森村誠一

都会の密室で起こった殺人。第一発見者の隣人が自供を始めるが、疑問を抱く被疑者の妹、被害者の父、そして棟居刑事。

●620円

チャップリン 作品とその生涯
大野裕之
●920円

おかず指南
道場六三郎
●740円

乗りもの紳士録
阿川弘之
●620円

酒談義
吉田健一
●800円

滝田《たきた》樗陰《ちょいん》 『中央公論』名編集者の生涯
杉森久英
〈中公文庫プレミアム〉●900円

慟哭《どうこく》の海 戦艦大和死闘の記録
能村次郎
〈中公文庫プレミアム〉●900円

組織の不条理

日本軍の失敗に学ぶ

菊澤研宗

「ガダルカナル化したシャープ」「占領統治に失敗した東芝」「インパール化した東京五輪」。旧日本軍の失敗を新たな経済理論で分析し、現代日本の組織にも通じる病理を追究する

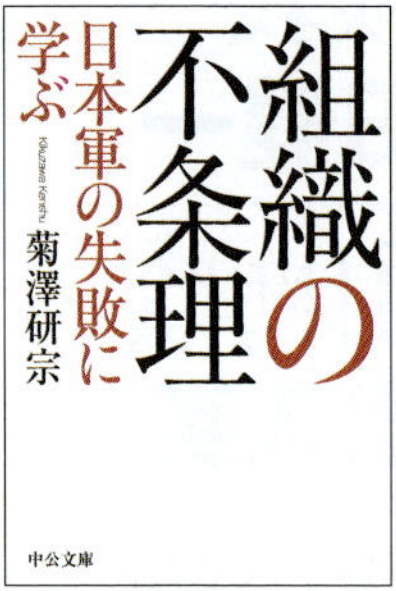

●720円

楽しむマナー

逢坂 剛／荻野アンナ／角田光代／鎌田 實／酒井順子／さだまさし／高野秀行／竹内久美子／乃南アサ／東 直子／福岡伸一／藤原正彦／綿矢りさ

粋なおごられ方から成仏の方法まで、13人の個性豊かな回答陣が〝大人〟を匂わせるコツを教えます！　笑ってためになる157本。

中央公論新社 編

（『マナーの正体』改題）

●640円

中央公論新社　http://www.chuko.co.jp/
〒100-8152 東京都千代田区大手町1-7-1 ☎03-5299-1730（販売）
◎表示価格は消費税を含みません。◎本紙の内容は変更になる場合があります。

注排水指揮所にある管制盤の操作一つで、反対舷のタンクに同量の海水を注入して、たちまち傾斜を復元する装置である。両舷の注水量は全部で一万トン。このときは右舷に三千トン注水。

注排水装置の存在は、乗り組み員一同が大いに意を強くするところであったが、しかし、左舷に浸水したところへ加えて右舷へ注水するのだから、水線は高くなり艦体は重く船足はおそくなる。回避運動も鈍くなり、被害はますます増加する。

命中爆弾五、六発で、高角砲機銃を集中装備してある中部甲板、とくに左舷側は相当の惨状を呈し、高角砲および機銃員の約四分の一が死傷した。

第四群機銃指揮塔は、根元に命中した爆弾で鉄塊となって空中に飛び散り、中にいた指揮官も射手も吹き飛ばされ、煙が晴れたときは、影も形もないというありさまであった。

第十四番三連装機銃は、機銃塔の天蓋《てんがい》が飛び、側壁に血痕《けっこん》をとどめただけで総員姿を消した。

左舷中央部、旧副砲弾薬庫を改装して作った高角砲発令所から「浸水！」の報告。この発令所は左舷上甲板から二層下にあり、艦の傾斜で完全に水線下。七、八人の下士官兵が配置されている。魚雷被害で左舷のどこかにあいた穴から浸水、それが発令所の隣の部屋までできて、水圧でゆるんだ隔壁を通して水がしみ込んできたのだった。浸水第一報後も指揮所と高角砲側とを結んで奮戦していたが、やがて「水は足首まできた！」、「ヒザまで届いた！」と報告してくる。

有賀艦長とともに、防空指揮所にいた高射長川崎勝己少佐は、この報告を聞き「発令所を放棄して、鉄扉《てっぴ》をあけて外へ出ろ」と命令した。しかし、悲惨！「隣の部屋もすでに浸水しており、鉄扉はあけられません」という。

「逃げられんか」

「ダメです」

防空指揮所にいた有賀艦長ら声なし。

「水は腹まで上がり、呼吸が苦しくなってきました」

「最後のビスケットを楽しんで食べています」

「とうとう首まで水につかりました」

浸水第一報いらい、約二十分間、ついに応答がなくなった。

第二波は、多大の被害を残したが、わずか十六分間の戦闘で終わった。

中甲板にある二十畳敷きぐらいの兵員居住室を、机やイス、ベッドを取り払ったあとにハンモックのキャンバスを敷いて〝戦時治療室〟にしていたが、前後部の二室とも重傷者でたちまちいっぱいになった。

黒田秀隆軍医長ら四人、それに司令部付きである石塚一貫少佐も含めて五人の軍医が獅《し》子奮迅《しふんじん》、メスをふるい、包帯を巻く。

手のない者、足のない者、両脚を失ってなお元気な者、等々――。

戦時治療室の床は血の海！

痛みに呻《うめ》き声は漏らすが、弱音を吐く者は一人もない。

死屍《しし》は各浴室に収容。

血なまぐさいにおい、室内に充満！

甲板に散乱する名前のわからぬ胴体、脚、腕など、海中に投棄！

被害の浸水と注水で、吃水《きっすい》が深くなったのと外鈑の曲がりで、艦足が重くなり、速力は十八ノットに低下した。それでもなお艦隊は全力をふりしぼって、沖縄めざして進撃を続けた。

このころになると、空の晴れ間がふえて、上空の見通しが、ずっと楽になった。

第二波去って間もなくの、午後一時三十五分――

第三波空襲開始！

第三波攻撃は、第一波、第二波攻撃による「大和」の被害を勘定に入れてか、いっそう大胆熾烈《しれつ》をきわめ、百数十機が、被害の多かった左舷を、ことさらにねらって集中的な攻撃をかけてきた。

残存の全火力を発揮して、阻止撃攘《げきじょう》、転舵《てんだ》回避に努めるが、各方向から同時に進んで来る魚雷の白い航跡はクモの巣のごとく、連続する急降下爆撃と銃撃は雨のごとく、無事回避しおわせることはとうてい不可能で、左舷に続けて二発、五本目、六本目の魚雷命中、舵破壊。中部甲板に、七、八発の直撃爆弾が命中。注排水装置の右舷タンクは、すでに満水していたので、累加する左舷の魚雷被害は、刻々艦の傾斜を増加させ、艦速をますます低下させた。高角砲指揮官臼淵大尉、直撃弾にあい、一滴の血も残さず飛び散る。左舷の高角砲機銃はほとんど破壊。指揮官戦死の報あとを断たず、大部分の配員が死傷した。

ときに、左舷傾斜十五度。速力はいぜん十八ノット。

十三時五十分――

右舷中央部下甲板の注排水指揮所で、注水を督励していた防禦《ぼうぎょ》指揮官林紫郎中佐から電話で、

「タンクの注水限度に達したので、これ以上、傾斜をおさえるには、右舷の機械室、罐室《かましつ》に注水するよりほかはない」

との進言。

傾斜を直すことはもちろん大切であるが、健在の機械室、罐室に注水することは、推進力の半ばを、即座に喪失する非常手段である。当面の危険を防ぐために直ちに注水するか、傾斜をしばらく放置して推進力を保有するか、前途なお遠く、沖縄到達は推進力いかんに

かかっている。思い余ってとっさには許可の指令を出しかねた。

防空指揮所の艦長からは、「傾斜復元を急げ！」と数度の催促。傾斜したままでは高角砲機銃の台座が回転しなくなり、射撃すらできなくなるのだ。

林指揮官からも、たび重なる進言。

私は意を決して、注排水指揮所へ「右舷機械室注水！」ついで「右舷罐室注水！」を発令す。

各室に非常緊急退避のブザーが、連続的に鳴り響いた。数十人の在室員は傾斜して歩きにくい床を走って手近の階段へ飛びつく。と同時に、壁の最下部、床に接して配してある注水孔から、海水が怒濤《どとう》のごとく機械室、罐室に奔入した。

注水した罐室、機械室は、注水速度から考え四、五分で満水したことと思われる。

一方、機械室で、いちばん出口に遠い持ち場の者が、機械の横をすり抜け、下をくぐり抜けて出口にたどりつき、中甲板に出るまでに三分。罐室は比較的退避しやすいが出入口がせまいうえ一個所しかないので、やはり最後の兵が退避するまで三分ぐらいはかかったであろう。しかし機械室、罐室勤務員には負傷者もなかったから、いずれにしても各室が満水する前に在室員全員が退避できたはずである。

推進力を犠牲にしてのこの注水も、傾斜の復元にはあまり効果なく、艦の傾斜が一時停止したかのように感じたが、引き続く七本目の命中魚雷の被害で、再び傾斜は、刻々加わって行った。

十四時、右舷に魚雷一発命中。八本目。

注排水指揮所との連絡電話途絶。

近くの応急員詰め所から伝令を派遣して連絡をとったが、そのとき、直撃弾被弾、ついに伝令は帰還しなかった。

このとき、注排水指揮所破壊。林防禦指揮官以下、注排水指揮所員総員戦死したものと思われる。

同じころ、操舵《そうだ》装置故障で、舵取機室の応急操舵に移っていたが、それを指揮していた操舵長から、

「舵取機室の浸水刻々ふえる！」

付近の魚雷被害による浸水区画から、ゆるんだ防壁の継ぎ目、伝声管、通信線のパイプ等を通して浸水しつつあるものと思われた。

しばらくすると、

「浸水多く操舵できない！」

と報じ、以後連絡が絶えた。

操舵長以下、応急操舵に従事していた十数名は、徐々に高まる海水に屈せず、ギリギリいっぱいの最後の瞬間まで操舵に努力し、ついには力尽き、満水する室内で総員溺死《できし》した

のであった。

第三波終了。命中魚雷左舷三、右舷一、計四本。直撃弾は数え切れない。

防空指揮所で全力をふりしぼって戦闘を指揮、伝声管に向かってたえず「皆、がんばれ」と全乗り組員を叱咤《しった》激励していた有賀艦長は、戦闘の頽勢《たいせい》を見てとったか、第一艦橋にいる航海長茂木中佐に「航海長、艦《ふね》を北向きにもっていけよ」と命令した。艦とて人間と同じこと、息をひきとったあとは〝北枕《きたまくら》〟にする慣習があった。軍艦の場合は息をひきとる——すなわち沈んでから北向きに持ってはいけない。動ける間に〝北枕〟にしようという有賀艦長の心づかいだったがすでに舵の故障でそれすらできなかった。

第三主砲塔（後部）の上に、左舷を向いてどっかとすわり込んだ機銃群指揮官がいた。戦況ここに至っては、もはや挽回《ばんかい》の見込みなしと判断したのだろうか、軍刀を右手に持ち、見事切腹して果てた。剣道五段の猛者《もさ》だった。

総員最上甲板

十四時七分、第四波来襲。

舵《かじ》の故障で操舵《そうだ》できず、艦は大きく輪を描いて左に左に旋回し続ける。もはや運動の自由は奪われ、速力は落ち、反撃の砲火は衰えて、「大和」の息の根をとめようと襲いかかる縦横無尽の敵の攻撃に身をまかせるよりほか打つ手のないありさまとなった。

来襲機の轟音《ごうおん》と爆弾の炸裂《さくれつ》音と、残存機銃の鋭い発射音とが交錯する中に、ときおり、命中の激動が全艦を揺るがす。

第一艦橋では長官、参謀長ら、いまだ健在だが、西田少尉、窓から飛び込んだ機銃弾に倒れた。衛生兵が担架を持ち込んだが、すでにその顔には生気がなかった。右大腿《だいたい》部からの出血多量。兵二名も同時に即死。

累計九本目の魚雷被害のため、後部上甲板下の無電室もやられる。通信長山口博少佐以下、通信科員の大半戦死、艦隊旗艦「大和」の通信機能なくなる。ただ一人の二世として乗艦の特暗科員中谷少尉も通信室決潰《けっかい》の寸前まで、敵暗号の傍受、解読の作業を落ち着いて行なっていた。

レシーバーをつけたまま戦死。

機銃砲塔の全壊多し、傾斜過度のため運弾車使用不能、ために副砲、高角砲撃てず、射撃は機銃のみ。

艦橋下部に被弾多く、前部臨時治療所もやられて十八歳の新妻の待つ石塚軍医も戦死した。

敵機は「大和」の鈍足遅足に乗じ、猛攻を続ける。不沈戦艦とうたわれた「大和」も、いまは満身創痍《そうい》、しかも隻脚、いかんともすべき術もない。白き雷跡、右に左に「大和」

を襲う。はや進退の自由を失った。

左舷に二発の魚雷があいついで命中、累計十、十一本目。致命傷か。

傾斜十八度を越えなんとす。残存速力七ノット。「大和」前檣《ぜんしょう》に水色の三角旗に白い横線のはいった「ワレ舵故障」の旗旒《きりゅう》が上がった。

十四時十五分――

表示盤警鳴器に赤ランプつく。どの弾庫、火薬庫かと思って目をやると、第一砲塔はじめあちこちの弾庫、火薬庫の赤ランプがついている。いよいよ誘爆か！

主砲はまだ、三式弾を三発発射したのみ。あと千百六十七発が残っている。副砲もほとんど撃っていない。これらが誘爆すると、不沈戦艦「大和」といえども、ひとたまりもない。

続いて、さらに危険温度に上昇したことを知らせるブザーが、いっせいにけたたましく鳴る。

この警鳴器、同じものが第一艦橋にあり、有賀艦長のおられる防空指揮所には、ブザーだけの警鳴器がある。まだ配線は切断されていなかったらしく、防空指揮所のブザーも鳴り、首脳部一同、危機の迫ったのを知る。

有賀艦長、「弾庫、火薬庫に水がはいらんか」と、つぶれたノドが張りさけるかのごとく、怒声をあげる。しかし、注排水指揮所は命中魚雷で破壊され、各弾火薬庫側との連絡もとっさにはとれ難い。

爆発はいつか。「大和」もついに自らの砲弾で轟沈するか。

それも良し。武士の切腹にも似ているではないか。


そのとき、十二本目、最後の魚雷が左舷中央部に命中。とどめをさされた感がある。

傾斜は、増加して、二十度を越えようとしている。

傾斜の増加を食い止める方法はすでにない。

顛覆《てんぷく》は、数分の先に迫った、免れがたい事実となった危急の際、とっさに、私の脳裏をかすめたもの、

「乗員は皆、最後の肚《はら》を決めているから、だれ一人あわて騒ぐこともなく落ち着いて、なお各自の配置を守り続けている。

命令の下、必死の結末を百も承知して出撃し、従容として、職務に最善を尽くして来たのであるが、艦は、これ以上、任務の遂行不可能である。

命脈尽きた艦に踏みとどまって共に沈むか、生き延びて、危急の祖国に再びご奉公するか。いまは一人でも多くの人が必要なときではないか。

『大和』は沈んでも、各個人は命のある限り、今後幾らでも国家のお役に立ちうる。まして、本艦の乗員は素質優良な上に、長年の間、海軍軍人として最高度の訓練を身につけた、

人物技倆《ぎりょう》抜群の得がたい人々である。

このままの状態で時間がたてば、総員が、艦と運命を共にする。

艦長からは、いまだなんの指示もない。

いや、対空戦闘と操艦に熱中しておられる艦長には、他を顧みる余裕がないであろう。生き延び得る得ないは別として、乗員は、沈む艦からできる限り救い出さねばならない。その鍵《かぎ》を握るのは私だ！　躊躇《ちゅうちょ》すると時機を失う」と。

判断の適否を、繰り返して考えて見る時間の余裕はない。もちろん、かような状態に立ち至ったさいの処置を、前もって考えていたことではない。それでも一応は艦外部の状況を確認しようと思い、司令塔内の防禦《ぼうぎょ》指揮所から、傾いて足場の悪い檣楼《しょうろう》内の狭い階段を駆け上がって、第二艦橋に出た。

見れば――

平素なら、水面上七、八メートルはある最上甲板前部の左半分は海中にあり、艦首が半島のように海上に取り残されている。第二砲塔左舷《げん》の単装機銃や応急弾薬筐《ばこ》は波に洗われ、外側の第八番三連装機銃塔のごときは、水の中である。

残存速力、六ノットぐらい。

左舷傾斜三十度。

右舷ははるかに高くなり、受け持ち兵器を破壊されて配置を失った高角砲機銃員等が、中部に多数集まっている。

この土壇場に来て、悠々《ゆうゆう》、煙草《たばこ》を吹かす者、配布してあった応急糧食のビスケットをかじる者、腰をおろして談笑する者など、豪胆なのか無神経なのか、一見、平素となんの変わりもない態度である。

弾の下でも、任務に熱中している場合は、平気でおられる。敵のなすままにまかせてなにもせず、じっとしているとき、顔色一つ変えず冷静でいることは、なかなかむずかしい。

やはり皆、精兵の名に恥じぬ。

艦外部のようすのわからない上甲板以下の艦内でも、砲塔の砲員も弾火薬庫員も、発令所員も通信関係員も、機関部員も電機補機部員も工作科員も、傾いてすべる甲板を踏みこたえて、次の指令を待ち構えているだろう。

応急部員は、付近の配置員の協力を得て、防水作業に必死である。

いまだに敵戦闘機は機銃掃射を続行し、艦の左右に水柱が立ちのぼる。

無意識に後檣頂を振り返り、軍艦旗を見る。

無い！

ハッとなってよく見ると、いつも掲揚しているマストがなくなっているではないか。そうだ、だれも降ろすはずはない。最悪の場合でも、全員持ち場を放棄して退艦せよという意味の「総員最上甲板！」の命令が下ったのち、軍艦旗を降ろすのだ。いまはまだ戦闘最中である。だれも勝手に降ろすはずはないのだが……。

あとで前檣楼測的所旋回手細谷太郎水兵長に聞いた話。「艦が傾いて測的所が海につかりそうになったので私も測的長につづいて窓から外へ出ましたが、後方を振りかえると前檣楼の後面最上部の桁端《こうたん》に揚がっている大軍艦旗が水にはいりかけているので、手を伸ばして取ろうと思ったが届きませんでした。そのまま沈んだものと思います」と。「大和」は、軍艦旗を前檣頭高く掲げたまま沈んだことは確実である。

この間にも傾斜は刻々ふえて行く。私は、前部下甲板にある主砲発令所に電話して、両陛下のお写真の処置を聞くと、発令所から、

「第九分隊長が持って、自分の私室にはいり、中から鍵をかけました」

との返事。

艦に賜わった天皇皇后両陛下のお写真は、平素は、上甲板の司令長官公室に安置してあるが、戦闘中は、不時の被害をおもんぱかり、最も安全な主砲発令所に移して、主砲発令所長である第九分隊長が、警衛の任に当たることになっていた。

第九分隊長服部信六郎海軍大尉は、お写真が艦の沈没とともに流失することをおそれ、奉持して自分の私室にはいり、中から鍵をかけ、身をもってお写真に殉じたのである！

傾斜はさらにひどくなる。私は、ついに決心して第二艦橋伝令所の電話をとりあげ、防空指揮所の有賀艦長へ、

「注排水指揮所も破壊し、傾斜復元の手段は尽きました。傾斜が刻々ふえております。最期の時刻も近いと思うので、総員を最上甲板に上げて下さい」と申し述べた。

有賀艦長も近くの兵に「御真影《ごしんえい》の処置は」と聞かれた。伝令が確かめ第九分隊長が安置した旨を伝えると深くうなずいた。

そして、第一艦橋の伊藤長官に伝声管で、

「もはや、傾斜復元の見込みなし。総員を最上甲板に上げます」

と断わっておいて、伝令に、

「総員最上甲板！」と伝えた。

激しい戦闘に艦長のノドはつぶれてしまったのか、しゃがれたガーガー声。

間髪を入れずスピーカーから流れる伝令の声。

「総員最上甲板！」

艦内の電気装置いまだ健在、照明も通信装置もほとんど故障のなかったのは幸いであった。艦長命令を復誦《ふくしょう》する伝令の声が全艦になり響いた。

艦長はさらに言葉を続けて長官に、

「長官は、かけがえのないおからだです。どうか、無事退艦して下さい。私があとに残ります」

と長官には退艦をすすめた。

私が第二艦橋を離れようとすると、たったいま、私が握って有賀艦長に「総員最上甲板」の下令をお願いした電話機の紫色のランプがつき、ブザーが鳴った。「艦長からだ」と思って、あわてて戻り、電話機を握ると、果たして艦長からだった。

受話機を通して、比較的落ち着いた有賀艦長の声が聞こえてくる。

「副長！　副長はただちに退艦して、この戦闘状況を詳しく中央に報告しろ」

「艦長……」という私の言葉をさえぎって、

「おれは艦に残る。必ず生還して報告するんだぞ」と重ねていう。

私は叫んだ。

「艦長、私もお供いたします」

有賀艦長は、

「いかん！　副長、これは命令だ」

と、声は低いが強い調子でいい切って電話機を置いてしまった。

この時機を失しては、「大和」とその栄光ある乗り組み員三千三百三十二人の健闘、そして、その生命と引きかえにあがなった尊い戦闘記録が、永遠に葬り去られてしまう。

私は決心した。生き抜いて、泳いででも本土へたどりつき、戦闘報告書を書き上げよう、と。

艦長も艦と運命を共にしなければいけないという定めはない。ただ〝一番最後に退艦する〟という規則があるだけである。

しかし有賀艦長は、天皇陛下からお預かりした艦を沈ませ、多くの部下を死なせた責任をとるという覚悟だったのだろう。

その電話を切った直後に、かたわらにいた兵を促して、体を防空指揮所中央の羅針儀《らしんぎ》の台に縛らせた。

艦が沈むとき、体が浮きあがらず、確実に艦と共に沈もうとの決意である。

付近におった兵数名も、

「私もお供します！」

といって、艦長にならって体を縛り合おうとしたが、

「何をするのだ！　お前たち若い者は、飛び込んで泳げ！」

と艦長に叱咤《しった》され、やむなく思いとどまって、その場を離れていった。

第一艦橋では──

有賀艦長の言葉を聞いた伊藤長官は、黙ってただうなずいておられたが、第二艦隊先任参謀山本祐二《やまもとゆうじ》大佐が、

「長官！　駆逐艦を呼び寄せますから、乗り移って下さい」

と進言すると、伊藤長官は、

「いや、私は艦に残る。お前たちだけ移って、作戦を続けろ」

と答え、かたわらの森下参謀長を顧みて、堅い握手をかわし、部下が万感の想いをこめて無言で見送る中を、歩けないほど傾斜している床を静かに歩いて、艦橋後部の檣楼通路入り口の扉《とびら》をあけ、中にはいって行かれた。

伊藤長官最後の姿である。

副官石田恒夫主計少佐が、伊藤長官のあとを追って行こうとしたが、森下参謀長が、いつにない荒い声で、

「バカ！　若い者は、もっと生きてご奉公するのだ！」

と一カツして、思いとどまらせた。

伊藤長官が去った後、艦橋にいた人々は、檣楼の階段を伝わって、散りぢりに最上甲板に降りて行った。

艦橋に残った茂木航海長は、部下の花田掌航海長と、脚を主羅針儀の台に縛りあった。

下部から「浸水間近い——天皇陛下万歳！」の声が伝わってきた。

轟　沈

「発初霜
宛《あて》連合艦隊司令部
〇七一四一七（七日十四時十七分）大和はさらに雷撃を受け誘爆、瞬時にして沈没」（沈

没時間が早いが、電文は記録のまま)

「発連合艦隊司令部
宛第一遊撃部隊
〇七一六二九(七日十六時二十九分)第一遊撃部隊の突入作戦を中止せよ」

時に十四時二十五分——

艦の傾斜は、三十五度、四十度、四十五度……と、にわかに速さを増し始めた。

ついには、横倒しとなり、巨鯨のような艦腹を水面にあらわして、さらに回転が続く。

沈み行く艦をおおって奔流する怒濤《どとう》の轟音《ごうおん》。

期せずして起こる万歳の叫び!

防空指揮所では——

ひとり有賀艦長、防弾チョッキに鉄兜《てつかぶと》、戦闘服装そのままの姿で水にはいり、日本が生んだ世界一の巨艦「大和」の艦長の名にふさわしく、武人としての最期を飾られた。

艦橋では——

主羅針儀《らしんぎ》を中に、相いだいた茂木航海長と花田掌航海長が、万歳を絶叫しながら沈んで行った。

艦内各部では――

横転の瞬時、電灯が消え、真っ暗になった鉄桶《てっとう》の室内で、くずれ落ちる機械器材にはさまれ、打ちたたかれつつ、奔入する海水の中で、数百人の人々が死んだ。

艦内で機関、操舵《そうだ》、通信、救護などに当たっていた者、「総員最上甲板」の号令で持ち場を放棄したものの、出口の鉄扉《てっぴ》が艦の激しい傾斜のため開かず、またハッチを手でまわしているうち艦が水中に没し、ついに艦と運命をともにした兵もさぞ多かったろう。

三十五度、四十度、四十五度とだんだん傾斜の激しくなる甲板では、破壊された機銃や飛び散った弾丸の鉄片、それにあえない最期をとげた乗り組み員の死体、ちぎれた腕、足、肉片が、さえぎるもののない甲板を徐々に左舷《げん》へとすべり去る。その甲板に出た者は、高くなった右舷目ざしてはい上がる。なかには戦友の流した血ノリにすべって、海中に没している左舷へ落ちていく者もあった。すでに右舷に達していた者、ようやくたどりついて手スリにつかまった者たちは、右舷の手スリを乗り越えて水平になりつつある艦腹に立ち、腰をかける。離れてみると横転して小山のような艦腹にコビトがぎっしりと並んだように見えた。その数およそ千。「大和」沈没とともにいっせいに海中に振り落とされ、渦に吸い込まれ、ある者は艦の下敷きとなって沈んだ。

中部甲板に集まっていた者の中には、巨大な煙突の穴に流れ込む海水に巻き込まれて、艦内に逆戻りした者もあった。

私は第二艦橋の右舷側、見張り所に通じる鉄扉から外側へよじのぼり、その側壁に立ったまま海につかった。

足場はどんどん下がるので、水が脚から腹、腹から胸へと上り、たちまち全身が水面下にはいった。

水面下に没する寸前、第一艦橋がチラッと目にはいった。艦橋わきには左手に軍刀をしっかり握った水雷参謀末次信義中佐、第二艦隊先任参謀山本祐二大佐ら六、七人の参謀の姿があった。山本大佐は、ちょうどこの日（四月七日）親任式を行なった鈴木貫太郎内閣の軍需大臣豊田貞次郎海軍大将の長女満喜子さんの夫であった。これらの人々は艦橋外にでたものの、「大和」と運命を共にした。

水中にはいった私は、着衣にたまった空気のあわを揚げながら、抵抗できない大きな力に引かれて、下へ下へと吸い込まれていった……。

水がきれいなので、数メートル先までよく見える。すでに力を失って仮死状態の将兵の数々が、大渦にかき回されて、水中に舞う。

下は底なしの濃藍色《のうらん》。水面からの光が薄れるにつれて、四辺が次第に暗くなる。

生死の境に立ったが、知覚は存外、確かである。

足場は疾《と》くに離れたが、体はまだ下がる。

少しずつ吐き出しては止める息が限度にきて、もう吐き出す息がない。

吸おうとすれば、鼻からも口からも、容赦なく海水がはいる。

実に苦しい。断末魔。

知覚錯乱の一歩手前の間一髪！

突然！

天地もつぶれるかと思われる重圧と真っ赤な閃光《せんこう》！　続けて、再度の重圧、閃光！

艦が顚覆《てんぷく》したので、弾火薬庫にあった一発一トン半の主砲弾数百発が、側壁の甲鈑《こうはん》に激衝発火し、二度にわたって全装薬を誘爆したものと思われる。

「大和」の最期、いや、連合艦隊の、帝国海軍の〝最期〟だったのだ。


無我夢中の数秒……。

急に水面に出た。爆発で跳《は》ね上げられたのであろう。あるいは、体が艦の吸引力を離れて何回転かするうちに、水面近くに浮き上がっていたのかもしれない。

あたりは黒い爆煙がたちこめ、艦体の破片が降る。そのなかで薬莢《やっきょう》がさけるのか、大きな炸裂《さくれつ》音が断続的に響き、火の玉が海面を走る。

海面は流れ出た重油でおおわれていた。

重油をかぶって、真っ黒になった頭が、あちらに二つ、こちらに三つと浮いている。生存者なのか、屍体《したい》なのか、ちょっと見分けがつかぬ。

木片がたくさん流れているが、とても体を託するには足りない。上を向いて、静かに体を水平にすると、着衣に含まれた空気の浮力が手伝って楽に浮く。重油のために、海面はさざ波が立たず、割り合いに穏やかである。

「大和」轟沈の戦果をあげた敵攻撃機は、五機、十機と編隊を組んで引き揚げていく。なかにはさらに急降下し、泳いでいるわれわれに機銃掃射を浴びせるのもあった。十五メートルほどの低空で、相手の人相もはっきり見えた。

三千三百三十二人の乗り組み員中、艦の上層部にいたため海中に飛び込むことのできた、または海中に放り出された者は、五、六百人にすぎなかった。

鉄兜、防弾チョッキ、それに射撃指揮官は八倍の重い双眼鏡、伝令はテレトーク（携帯電話機）などをはずして捨て、身軽になって泳いだ。

海中では、ある者は防弾に使っていたハンモック、柔道畳に身を寄せかけ、浸水に備えての補強材につかまっていた。

四月もまだ上旬の海の中、肌着《はだぎ》のなかまで潮水が通り、体温を奪い去ると、その冷たさはジーンとこたえる。歯の根が合わなくなり、手足の感覚がなくなる。このまま数時間いれば凍死か、もしくは力尽きて海底に没していく。

漂流しながらの大敵は睡魔だった。めまぐるしかった戦闘で全神経を集中し、肉体を酷使したあと、思考力も薄れ、手足の力も次第になくなってくる。この寒さが感じなくなり、睡魔が差しのべる黒い手を握れば、現世との永遠の別れとなる。山での凍死と同じ状態だろう。

茫然《ぼうぜん》としてはいけない、睡魔に負けてはいけない。

四か月余り前、巡洋艦「阿武隈」の砲術長としてレイテ作戦に参加、やはりミンダナオ沖で三時間以上漂流したという経験を持つ副砲長清水芳人少佐が声を張りあげて叫んだ。

「准士官以上はその場で姓名申告、付近の兵をにぎって待機、漂流の処置をなせ」

この号令で数人の准士官はわれを取り戻し、姓名を申告し近くの兵を呼びよせた。

駆逐艦「冬月」、「雪風」が姿をあらわした。全速で直進してきたが、途中で左へ大きく転回、「しばらく待て」という手旗信号ののち、再び遠ざかっていく。敵機いまだ上空を旋回、両艦に攻撃を繰り返し、漂流者に機銃掃射を浴びせて行った。

「大和」沈没二時間後の十六時三十分ごろ、艦隊の残存駆逐艦「冬月」、「雪風」が再び現われた。救助に来たのだ。いったん停止後、重油でよごれた頭がいちばん多く浮かんでいる地点まで〝後進〟、甲板からなわバシゴを投げた。浮遊していたものは最後の力をふりしぼって舷側へ泳ぎ寄ってなわバシゴをつかんだが、そこまでがやっとで、なわバシゴに足がどうしてもかからない。泳ぎついたものがみなそういう状態なので、見かねた甲板からはロープを投げてくれた。それにからだを縛ると上から引っぱりあげてくれた。泳いでいるうちは気力があるが、助かったとなると茫然自失、そのまま死んでしまう兵員が少なくなかった。だから引き揚げると、その兵員の頰《ほお》を力いっぱいなぐりつけて気合いを入れる。

救助は短艇もおろして行なわれたが、十五分か二十分後には中止、両艦は再び動き出して北へ針路をとった。救助されたのは約三百名、まだ両艦目ざして最後の力をふりしぼっている者もいる。海面で救助を待った将兵の半数も救助していない。

救助された下士官が、「冬月」の士官に、

「まだいる。艦をとめてくれ！」

その士官いわく、

「ひろってやりたいのは山々だが、ひろっていればこっちがやられる。そんなことがわからんか」

「……」

「二隻の艦とその乗り組み員を助けるため、気の毒だが引き揚げる」……。

私は爆発の際の圧力で鼓膜をやられたのか、なんの音も聞こえない。

戦い終わって、元の天地にかえった大海原は、何事もなかったかのごとく静まり返っているように思われた。

極度の緊張が一度に解けて、大洋のまっただ中に取り残されたことも考えず、うとうとと眠くなり、夢路をたどる心地がして次第に気が遠くなった。

着衣のすき間から肌《はだ》に触れる海水の冷たさに、ふと、われにかえったひととき、見上げる目に映った夕空の、なんともいい得ぬ美しさ！

自然のふところに抱かれ、生もなく死もない無我の境地であった。

沈没から、何時間たったのかわからない。だれかが、遠くで呼んでいる。目を開くと、のぞき込む幾つかの顔。

「副長！　気がつきましたか！」

「よかった。もうだいじょうぶです」

「副長をこの艦に引き揚げたとき、全然意識がないので、みな心配しておりました」

答えようとするが、声が出ない。

からだ中が痛んで手足が動かず、まったく自由がきかぬ。

七日十四時二十五分沈没、主砲弾の自爆による轟沈。

沈没位置――北緯三〇度四三分、東経一二八度四分。九州徳之島の北二百浬《カイリ》、水深四百三十メートルの地点。

総員三千三百三十二名中、生存二百六十九名。

「大和」以外の第二艦隊の各艦は――

巡洋艦「矢矧《やはぎ》」沈没

駆逐艦「冬月」残存

「涼月」同

「雪風」同

「初霜」同

「浜風」轟沈

「朝霜」沈没

「磯風」大破――自沈

「霞」同　　　　同

沈没後、波間に集まった人々にささえられ、半死の状態で漂流すること二時間余、連合艦隊司令部からの指令により、作戦を中止して引き返して来た駆逐艦「雪風」に、日没の直前、運よく拾い上げられ、人々の手厚い看護で深い眠りからようやくさめた！

時に、
昭和二十年四月七日二十時三十分！
駆逐艦「雪風」士官寝室ベッドの上で、私の第二の人生が始まった。

余　韻

ここまで書いて来ると、惨憺《さんたん》たる当時の光景や、亡《な》き戦友の顔が、髣髴《ほうふつ》として眼前に浮かび、二十余年の歳月を逆戻りして、身を水火の中に置く思いがする。

伊藤第二艦隊司令長官。

将来、日本の海軍を背負って立つといわれた俊秀の士、最後まで温顔をくずさず、従容として艦橋檣楼《しょうろう》の中に姿を消す。

颯爽《さっそう》たる英姿、いまは亡《な》し！

マレー沖海戦に、わが海軍航空隊の猛撃を受け、まさに沈没せんとする英戦艦「プリンス・オブ・ウェールズ号」の艦橋に立った名提督トム・フィリップ中将、沈没免れがたいのを知った参謀が駆逐艦に移乗をすすめる言葉を、

「ノー・サンキュー」

としりぞけて、艦と運命を共にした。

やはり、将来英国海軍を双肩にになう人物であった。

両将が同じような最期を遂げたことは、奇しき縁と言わねばならない。

ただし、フィリップ提督の場合は、開戦の劈頭《へきとう》であり、大英帝国の伝統と勢威を一身に負い、シンガポール防衛に派遣された海上最高指揮官であって、企図行動を選択する自由があったのであるから、自ら招いた結末であると言い得るに反し、伊藤長官の場合は、当時の戦況と中央からの指令に縛られ、自己の意志をもって動く余地は全くない状態であったから、伊藤長官の苦衷《くちゅう》は、はるかに大きいものがあったであろう。

出撃寸前の六日十五時三十分、伊藤長官を訪れた草鹿連合艦隊参謀長は、伊藤長官が「いよいよとなった場合、艦隊六千の乗員はどう処置すればよろしいのか」とたずねたさい、「それは私にまかせておいてくれ、適当な時期に、連合艦隊司令部から指令する」と答えた。草鹿参謀長の約束は、十六時三十分、

「残存の各艦は『大和』の沈没位置付近を捜索して、極力生存者を救助し、佐世保《させぼ》軍港に帰投せよ」

という連合艦隊命令となって果たされた。

しかし、その命令が出たのは、「大和」も「矢矧《やはぎ》」も駆逐艦も大半沈み、数千の艦隊乗員が花と散って数刻たった後のことであった。

もちろん、伊藤長官の耳にはいろうはずはない！

死に臨み、悠々《ゆうゆう》、艦に身を縛って共に沈んだ有賀艦長、茂木航海長、花田掌航海長。

壮烈、敵弾にたおれたる者、
臼淵高角砲指揮官以下数十名。

覆没《ふくぼつ》の寸前、

「総員最上甲板！」

の号令はあったものの、四十五度以上に傾いた艦内で、堅くしめ切った防禦《ぼうぎょ》扉蓋《ひがい》を開いて多くの人が急速に脱出することはできなかったから、この号令を聞いても動揺することなく、大多数の者は潔く自己の配置に踏みとどまって最期を遂げた。

その数、数百名。

あげれば限りなき芳勲にかおる人々。「大和」だけでもその数三千六十三名に達した。上は伊藤司令長官から下は十七歳の少年兵に至るまで、官位に上下はあったが、尽くす誠に軽重《けいちょう》の差があろうはずはない。

これらの人々はなんのために進んで死地におもむいたのであろうか？

国のためか、家のためか、はたまた自分自身のためか？

ほど経て、第二艦隊の特攻出撃に対し、連合艦隊司令部から感状が布達された。

いわく、

「第二艦隊の犠牲的勇戦奮闘により、わが菊水特攻機の戦果大いに挙《あが》れり……」

そして、戦歿者全員特進の栄を賜わった。

伊藤長官は海軍大将に、有賀艦長は海軍中将に……

「海行かば水漬《づ》く屍《かばね》
　山行かば草むす屍
大君の辺《へ》にこそ死なめ
かえりみはせじ」

かつて軍艦マーチと共に歌い慣れたこの歌は、生き残ったわれわれの心のすみに、いまもなお厳粛にして複雑な尽きせぬ余韻を含んで残っている。


「大和」は沈んだ。

予期した通りの末路である。

出撃総員三千三百三十二名中、生き残った者、わずか二百六十九名、傷を負わない者はまれであった。

九死に一生とはこのことであろう。

人の力でいかんともできない運命とはいえ、同じ道を歩きながら、一方は死へ、一方は生きて再び陽光に浴する身となった。死生の是非は、いまにわかに決めがたいことであるが、人間的な感情でいうならば、〝生死を共に〟と、誓い合った亡き人々に、まことに済まない気持ちである。

片道分の燃料では、戦争でなくても帰れない。衆寡《しゅうか》の数が、ある程度以上に隔絶しては、いくら精鋭で強気でも、目的を放棄しない限り生き抜くことは不可能である。三田尻沖を出る時、おれは生きて帰れるかも知れないと、一縷《いちる》の望みでも本気でいだいた者が果たして幾人あったであろうか。全員、艦と共に必ず沈む覚悟で出たわれわれであった。

「大和」という一隻の艦に乗り、同じ運命に縛られた三千三百余人なのである。一蓮托生《いちれんたくしょう》の艦がたどる運命のほかに、自己の生きる道を求めることは、考え得られることではなかった。

艦隊の行動が開始され、やがて、戦闘が始まり、死の予想は現実となって着々と展開した。

熾烈《しれつ》なる銃爆撃を浴び、魚雷が相次いで撃ち込まれるに従い、戦死者の数は刻々増加した。

艦の顛覆で、大多数の人が死んだ。

定められた運命への行進である。

爆煙が上空二千メートルまでも上がる爆発の重圧と、数百度の火焔《かえん》熱気をくぐり抜け、辛うじて海上に浮かんだ五、六百名も、機銃の掃射に倒れ、流れ出た重油の層につかり、疲労の極、つぎつぎと沈んで、総員同じ道に終わるかと思われたが、うち二百六十九名は、駆逐艦に拾われて今日あるを得た。

私の場合、水中で呼吸の限界に来ていたから、もう十秒長く沈んでいたら、溺死《できし》したであろう。もう十秒遅れて水にはいり水面近くにいたら、爆圧を強く受けて死んだと思われる。海にはいる二十秒の遅速が、生死の境となった。

水面に出てから、降り落ちる破片にもうたれず、重油も飲まず、機銃の掃射にも当たらなかった。

海上では意識を失っていたから、周囲の人のささえがなかったら、もちろん沈んでしまったことである。私の体力では、意識があって泳いだら疲れてしまって、駆逐艦が来るまでの漂流にとうてい耐えられなかったと思われる。

午前中はかなりの風波があったが、午後からは次第に静まり、漂流のころは、ずっと穏やかになったのも幸運といえる。

大海原のまっただ中である。小人数が浮いていても、艦上から容易に見つかるものではない。それが偶然か、駆逐艦のほうから寄って来て二、三十メートルの近距離で停止してくれた。しかも日没直前である。来着がもう三十分おそいと、暗くなって発見されなかったであろう。

救助の駆逐艦を目の前にしながら、力尽きて沈んだ人も少なくなかった。

謹厳実直、将来を嘱目されていた高射長川崎勝己少佐も、その一人であった。

駆逐艦の上から、元気で泳いでいる姿を確かに見た人があったが、ついに、艦には上がっていなかった。あるいは、対空戦闘の結果について責任を感じ、自ら沈んだのかもしれない。

二重、三重の幸運に恵まれた者のみが生き残った。

昭和十九年の春、横須賀海軍砲術学校に、私のほかに、もう一人親しい級友が勤務していた。私よりもはるかに成績もよく、優秀な砲術士官であった。

「戦争も、いよいよ決戦段階にはいった。『大和』も好むと好まざるとにかかわらず、遠からずその実力を発揮せねばならない戦闘機会が来るだろう。そのとき、『大和』の砲術長を勤めるのは、おれをおいてほかにはない」

と、彼が胸を張っていえば、

「いや、『大和』の砲術長は貴様ではない。おれのほうが適任だ」

と私が応酬し、灯火管制の暗い電灯の下で、毎夜のように同じ議論に花を咲かせ、学校勤務の髀肉《ひにく》を嘆じたが、三月中旬、まず私が「大和」砲術長に補せられて出発し、ひと月遅れて彼もインド洋の某諸島警備の海軍部隊の参謀として赴任した。

私は、「大和」で、奇跡的に命を拾い、彼は、終戦後、その警備地の住民虐殺の責任を問われて処刑された。事実は、彼が着任する前のできごとであったにかかわらず……。

彼が、先に「大和」に転任していたら、それは恐らく、私に降りかかる運命であったのだ！

また同年十月二十五日のレイテ沖海戦は、海軍の全兵力を投入して戦勢の挽回《ばんかい》を図った大作戦であった。

北ボルネオのブルネーから出撃した「大和」、「武蔵」を中心とするわが主力部隊は、二十四日から二十五日、二十六日の三日間、激しい敵機動部隊からの空襲にさらされた。

当時、私は砲術長が主務であったから、空襲ごとに、防空指揮所の中央に立って、操艦を指揮する森下艦長（最後の特攻出撃の時は第二艦隊参謀長）の側で、対空射撃を指導していた。

最初の空襲のとき、防空指揮所めがけて突っ込んで来た敵機が、ダダダダ……と機銃を発射し始めた。

空気波を曳《ひ》いてまともに飛んで来る機銃弾が、私の左の耳をかすめ、第二弾は鉄兜《てつかぶと》をはねた。曳光弾《えいこうだん》が二発、はっきり見えた。だから実際は十発前後だったろう、とはいえ、よけようという気持ちになったときは、鉄兜をはねられたときだった。私が五、六センチ左に寄っていたか、四、五センチ位置が高かったら——どちらかの機銃弾が、私の生命を断ったであろう。幸いにもこのとき、防空指揮所にいたもの、だれひとりとして被弾しなかった。

生死の境はまことに紙一重、思えばきびしい神の試練である。

せめてあと、七、八センチ背が高く生まれたかったという私の平素の願望は、これで完全に非望であることが実証された。

幽魂を弔う

終戦から九年目、昭和二十九年、春光うららかな四月七日の午後、「大和」ゆかりの地である呉で、戦後初めて、第二艦隊戦没者慰霊祭を開催することができた。

九年目とは、たいへん時期遅れで申しわけないことであるが、戦後間もなくは、物心両面に種々の支障があって行なえず、その後、当時呉在住石田恒夫海軍主計少佐（伊藤長官副官）その他の生存者の奔走、遺族並びに特志の方々の協力により、ようやく宿願を達することができたのであった。

ここに、そのさい霊前に手向《たむ》けた弔辞を披露して当時をしのび、改めて戦没者各位のご瞑福《めいふく》を心からお祈りする。

弔　辞

謹みて、

故第二艦隊司令長官伊藤整一氏、故軍艦「大和」艦長有賀幸作氏以下、三千有余柱の英霊に告ぐ。

上空に躍る数百の敵機、海中に綾《あや》なす数十の雷跡、火風弾雨、耳為《ため》に聾《ろう》し、眼為に眩《くら》む。思えば昭和二十年四月七日、九年前の今日唯今の時刻、生死の関頭に立ち、自若として己《おのれ》の配置を守り、平素修練の効を遺憾なく発揮す。

これ軍艦「大和」覆没寸前、艦上に奮戦する卿等《けいら》の雄姿なりき。

これより先、四月五日午後三時、艦長、総員を前甲板に集めて、出撃命令を伝達せらる。運命を決せしこの一瞬、満場寂《せき》として声なし。解散して直ちに、出動準備を開始す。かねて期する所、何の混雑もなく、何等、動揺の色もなし。諸装置を改め、兵器を点検し、淡々として作業を終わり、余暇を得て、総員家郷に筆を執る。或《あるい》は爪《つめ》を切り、或は髪を摘みて同封す。

翌四月六日は、更に艦内の整理を行ない、準備の完璧《かんぺき》を期す。世界注視のこの行動、万が一にも、不用意の失策なからんことを期したるなり。

午後四時、錨《いかり》を揚げ、護衛部隊を先頭に、粛々として空前絶後の行動を起こす。

世の人、稍《やや》もすれば、武人に情味なしと云《い》う。乞《こ》う、余に少しく当時を語らしめよ。

軍艦「大和」に乗り組みし者、皆これ、万人中より選ばれたる俊秀の士にして、平素は温厚玉の如く、世の敬愛を一身に集め、職を奉じては忠、家に在《あ》りては孝、克《よ》く人の道を弁《わきま》えたる模範の人々なり。

三田尻沖を進発して間もなく、手空《す》きの総員前甲板に集まりて「君が代」を奉唱す。夕《ゆう》靄《もや》に薄れ行く内地の山々。雲か霞か、遥《はる》かに見ゆる爛漫《らんまん》の桜花。山答えず、花語らず。万感胸に逼《せま》り、歌い終わるも暫し、動く者さえなし。女々《めめ》しと云う勿《なか》れ、頰《ほお》を伝うはこれ、懐しの故国に贈る惜別の涙。

同夜は、各々《おのおの》配置に在りて仮睡す。結びし最後の夢、夢に通いしは誰《たれ》。

明くれば、四月七日の当日なり。

早朝、九州の南端、大隅海峡を西進す。暗雲低く垂れ、ウネリありしも風穏やかなり。

午前八時、敵機われを発見す。かれの発する警報、手に取るが如し。大雨将《まさ》に到《いた》らんとす。嵐《あらし》の前の静けさ。

悠々《ゆうゆう》、昼食を喫し終わりし午後零時二十分、前方遥《はる》か、雲間に現われし艦上機の大編隊。見れば、右にも左にも、一団また一団。待つ間もなく数分の後、急降下「大和」に突っ込む敵機を合い図に、攻撃の火蓋《ひぶた》は切られたり。

爾後《じご》、奮戦力闘二時間余、十数本の魚雷と、無慮数十発の爆弾を受け、大爆発を起こし、徳之島の北方二百浬《カイリ》の海上にて、軍艦「大和」轟沈《ごうちん》す。

卿等の大部が生を畢《おわ》りしは、この時なりと認む。

天命なりとは云え、卿等は護国の神となり、われ等のみ現世《うつしよ》に留《とどま》りて今日の日を迎う。

苦衷、何をもってか慰めん。

然れども昨年六月、映画戦艦「大和」が公開され、この悲壮にして崇高なる事蹟《じせき》が世に明らかとなるや、江湖の同情翕然《きゅうぜん》として集まり、卿等の遺徳を慕う者、日夜応接に遑《いとま》なし。

この行動、時已《すで》に大勢われに利なく、固《もと》より、生還を期せざる特攻出撃なり、しかも、命令一下、莞爾《かんじ》として勇躍壮途に就《つ》く。精錬《せいれん》にして豪胆ならざれば、成し能《あた》わざるところなり。

思うに今次大戦中、報国の美談は多々あれど、この右に出づるもの鮮《すくな》し。宜《むべ》なる哉《かな》、世人仰ぎて、わが海軍の華《はな》なりとす。科学の粋、機械力の極、世界に冠たる七万トンの巨艦に乗りて、壮烈無比の特攻作戦に従い、名を後世に残す。卿等、もって瞑《めい》すべきなり。

われ等生存者一同、益々《ますます》操志を固くし、和衷協力、卿等の志を継いで、平和社会の建設に努力せんとす。

霊《みたま》よ、永遠《とわ》に故国を守り給え。

変転九星霜、同じ春、桜花の下、本日ここに姿なき卿等を迎う。感慨転々《うたた》禁ずる能わず。恨むらくは、卿等、呼べど答えず。この盛儀を語るに由なし。哀悼何ぞ勝《た》えん。若《も》しそれ、この席に列せらるる遺族の胸中を察せんか、胸逼りて誓う所を知らず。眼を閉ずれば、卿等の温容、今なお髣髴《ほうふつ》として脳裏に浮かぶ。嗚呼《ああ》、悲しい哉。

聊《いささ》か、蕪辞《ぶじ》を連ねて幽魂を弔う。

在天の英霊、願わくば来たり饗《う》けよ。

レイテ沖海戦

レイテ沖海戦で、米軍機の攻撃を受ける「大和」(1944年10月26日撮影/読売新聞社提供)

戦艦「大和」を語るには、レイテ沖海戦を除くことはできない。それは第二次世界大戦中、「大和」の主砲が砲火を開き、徹甲弾を放って、敵艦隊と渡り合った唯一の戦闘だったからである。

巨艦「大和」は僚艦「武蔵」とともに、口径四六センチという世界に類のない巨砲を搭《とう》載《さい》するために造られた軍艦である。その主砲の最大射程距離は四万二千メートル、米英の在来艦、新鋭艦の最大主砲の最大射程距離三万七千メートルとは、実に五千メートルもの差があった。この五千メートルという距離は、敵艦の主砲弾が「大和」に届かないで歯ぎしりしている間に、悠々《ゆうゆう》敵艦を葬り去ることができる。戦艦対戦艦の戦闘では必勝の武器だったのである。

それなのに、実戦においては、「大和」は主砲徹甲弾をこの戦闘——すなわち「捷号《しょうごう》作戦」のときしか撃っていないのだ。

同時にこの海戦は、巨砲巨艦主義より航空機の時代に移っているという〝近代戦争〟の実証でもあった。敵艦載機と潜水艦にさんざん悩まされ、果ては僚艦「武蔵」をシブヤン海の餌食《えじき》となさしめた苦い海戦であった。

また私にとっては、「大和」の砲術長兼副長という二つの大役を背負いながら、主砲徹甲弾を発射した〝思い出の海戦〟でもある。

レイテ沖海戦における「大和」の活躍ぶりを書く前に、この海戦がどんな状態下で、いつ、どんな作戦で行なわれたか述べておきたい。

風雲、急を告げる

この作戦は、第二次世界大戦で日本の興廃の分水嶺《れい》ともいうべきサイパン失陥直後、準国土といわれていた南洋委任統治領の中心が戦場と化しつつあるころ、そして東条内閣が総辞職した直後の、昭和十九年七月に決定せられた。

わが参謀本部が立案したのは、十九年後期における国力戦力のうち、七〇％から八〇％をアメリカ軍の進攻に対する決戦にあて、二〇％から三〇％をもって長期戦体制を強化するという作戦である。それに基づいて策定されたのが「捷号《しょうごう》」作戦計画で、「捷一号」作戦はフィリピン方面、「捷二号」は台湾および南西諸島（沖縄）、「捷三号」は本土（北海道を除く）、「捷四号」は北東方面（北海道、千島、樺太《からふと》）と、敵来攻の可能性の順に決戦場を指定されていた。

おりから、米軍はグアム（七月二十一日）に、テニアン（同二十三日）に上陸、戦局は一段と急迫を告げた。

参謀本部は「もはや可否の論議を超越し、国運を賭《と》して断行すべきとき」と決し、七月二十四日、「捷号」作戦準備を関係方面の各司令官に下命した。

「捷号」作戦は、その主目的をフィリピンにおいたが、戦略戦術もいままでの〝水際撃滅《みずぎわげきめつ》作戦〟を改め、陸上決戦場はルソン島に限定、その他の地点への敵来攻に対しては、陸海軍の航空力と海軍艦艇による迎撃を行なう。その場合も、従来のように敵空母攻撃のみでなく、むしろ輸送船団撃滅を目標にすることとした。この作戦思想は、連合艦隊の作戦要領にも明示されていたので、要領だけ抜粋してみよう。

「作戦要領

(イ) 航空部隊——敵が輸送船団を伴わず単に機動空襲に出る場合には、機略に富む短切なる攻撃を以《もっ》て敵を奇襲してこれを漸減するに努め、且《かつ》極力我が兵力の損耗を避く。但《ただし》好機に乗じ敵を撃滅し得る戦機を把握《はあく》せる場合は、基地航空部隊独力を以て敵空母を撃滅す。

(ロ) 水上部隊——敵上陸するに至らば、第一機動部隊は基地航空部隊の航空撃滅戦に呼応して、敵の上陸点に対する突入作戦を実施す。第二遊撃部隊及《および》機動部隊本隊は概《おおむ》ね敵を北方に牽制《けんせい》するを立前とす」

この計画に従い、陸軍は中南部フィリピンの防衛を強化、海軍も第一遊撃部隊（第二艦隊の大部）をスマトラのリンガ泊地、第二遊撃部隊（第五艦隊）と機動部隊本隊（第三艦隊）を内地に待機させ、第一航空艦隊をフィリピンに進出させるべく準備していた。

一方そのころ、アメリカの統合参謀本部でも、対日作戦の検討を進め、フィリピン攻略をやめ、一挙に日本本土攻撃をかけるか、台湾を襲うか意見が対立したが、マッカーサー、ニミッツ、ハルゼーの太平洋戦線で主役をつとめる三将軍が、フィリピン攻略を主張、それに押し切られて統合参謀本部は、ついにフィリピン群島レイテ島攻略を決定したのだった。

そして、その陽動作戦として米軍は、九月十五日、モロタイ、ペリリュー両島に上陸、二十一、二十二日の両日はマニラ周辺を空襲、さらに十月九日から十二日にかけて沖縄、奄美《あまみ》大島、台湾を爆撃した。このため参謀本部はついに作戦準備を発令、続いて豊田連合艦隊司令長官が、十月十二日、「基地航空部隊捷一号、捷二号作戦発動」を下令するに至った。

この基地航空部隊の決戦――〝台湾沖航空戦〟では、第一、第二航空艦隊の精鋭が出撃、二十六航戦司令官有馬正文少将みずから一番機に乗り込み、「全員突撃」を下命したのち敵空母めがけて突入、自爆するという大航空戦となった。

わが軍の被害も大きかったが、空母十一隻撃沈、八隻撃破という〝大戦果〟を収め、天皇陛下は連合艦隊に嘉賞《かしょう》の勅語を下し、東京、大阪では国民大会が開かれるという大さわぎとなった。ところがこの戦果のほとんどがわが航空機搭乗員の誤認で、実際は重巡「キャンベラ」、「ヒューストン」の二隻が大破しただけだった。

そしてこのころ、マッカーサー大将の率いる大上陸船団が、レイテ島沖合いに迫って来ていた。

「捷号」作戦が決定せられた十九年七月のころ——

「大和」、「武蔵」の主力戦艦を基幹とする連合艦隊の第二艦隊は、リンガ泊地で日夜血の出るような猛訓練に励んでいた。

リンガ泊地はシンガポールの南方、スマトラ島の東方海面に当たり、点在する小さな無人島に囲まれた天然の要塞《ようさい》であった。それに都合のよいことには、内地では不足している燃料も豊富だった。それというのは、落下傘《さん》部隊で有名な油田パレンバンが、わずか百五十浬《カイリ》の近距離にあったからである。われわれ第二艦隊は、ここで燃料の心配もなく、敵機来襲の懸念もなく、おもむろに戦機の至るのを待っていた。

当時の第二艦隊は、沖縄戦に特攻出撃したときと違い、戦艦七隻、重巡十一隻、軽巡二隻、駆逐艦十九隻、計三十九隻から成る威風堂々たる大艦隊であった。

その編成はつぎの通りであった。

〔第一遊撃部隊〕

第二艦隊　司令長官　栗田健男《くりたたけお》海軍中将

第一部隊（第一夜戦部隊）

　栗田健男海軍中将直率

　第一戦隊（司令官　宇垣纏海軍中将）

　　戦艦「大和」「武蔵」「長門」

　第四戦隊（司令官　栗田中将）

　　重巡「愛宕《あたご》」（艦隊旗艦）「高雄《たかお》」「鳥海《ちょうかい》」「摩耶《まや》」

　第五戦隊（司令官　橋本信太郎《はしもとしんたろう》海軍中将）

　　重巡「妙高《みょうこう》」「羽黒《はぐろ》」

　第二水雷戦隊（司令官　早川幹夫《はやかわみきお》海軍中将）

　　軽巡「能代《のしろ》」駆逐艦「島風《しまかぜ》」「早霜《はやしも》」「秋霜《あきしも》」「岸波《きしなみ》」「沖波《おきなみ》」「朝霜《あさしも》」「長波《ながなみ》」「藤《ふじ》

　　波《なみ》」「浜波《はまなみ》」

第二部隊（第二夜戦部隊）

　司令官　鈴木義尾《すずきよしお》海軍中将

第三戦隊（司令官　鈴木中将）
戦艦「金剛《こんごう》」「榛名」
第七戦隊（司令官　白石万隆《しらいしかずたか》海軍中将）
重巡「熊野《くまの》」「鈴谷《すずや》」「利根《とね》」「筑摩《ちくま》」
第十水雷戦隊（司令官　木村進《きむらすすむ》海軍少将）
軽巡「矢矧《やはぎ》」、駆逐艦「浦風《うらかぜ》」「磯風《いそかぜ》」「浜風《はまかぜ》」「雪風《ゆきかぜ》」「野分《のわき》」「清霜《きよしも》」
第三部隊（第三夜戦部隊）
司令官　西村祥治《にしむらしょうじ》海軍中将
第二戦隊（司令官　西村中将）
戦艦「山城《やましろ》」「扶桑《ふそう》」、重巡「最上《もがみ》」、駆逐艦「満潮《みちしお》」「朝雲《あさぐも》」「山雲《やまぐも》」「時雨《しぐれ》」

われわれに与えられた任務は、機動力を発揮して牽制《けんせい》または囮《おとり》作戦と夜間奇襲攻撃を行ない、栗田部隊は強引にレイテ湾になぐり込み、マッカーサーの上陸部隊および海上部隊を撃滅することだった。このため瀬戸内海・柱島に待機していた機動部隊本隊である、小沢治三郎《おざわじさぶろう》中将の率いる第三艦隊が南下、囮となってレイテに接近して敵機動部隊を北方に誘致し、航空部隊を持たない栗田部隊を間接に掩護《えんご》し、ぜひともレイテ湾突入に成功させようというものだった。一方、志摩清英《しまきよひで》中将の率いる第五艦隊も急遽《きゅうきょ》瀬戸内海を出撃、

第三部隊に合同すべく、そのあとを追うことになっていた。
その二つの部隊の編成もしるしておこう。

〔機動部隊本隊〕

第三艦隊　司令長官　小沢治三郎海軍中将

第三航空戦隊（司令官　小沢中将）

空母「瑞鶴《ずいかく》」（艦隊旗艦）「瑞鳳《ずいほう》」「千代田《ちよだ》」「千歳《ちとせ》」戦闘機四十八、戦闘爆撃機二十八、艦上爆撃機八、艦上攻撃機二十八、計百十二機

第四航空戦隊（司令官　松田千秋《まつだちあき》海軍少将）

航空戦艦「日向《ひゅうが》」「伊勢《いせ》」、航空巡洋艦「隼鷹《じゅんよう》」「竜鳳《りゅうほう》」、軽巡「大淀《おおよど》」「多摩《たま》」

第三十一水雷戦隊（司令官　江戸兵太郎《えどへいたろう》海軍少将）

軽巡「五十鈴《いすず》」、駆逐艦「桐《きり》」「桑《くわ》」「槇《まき》」「杉《すぎ》」「霜月《しもつき》」「冬月《ふゆつき》」「涼月《すずつき》」「初月《はつづき》」「秋月《あきづき》」「若月《わかつき》」

〔第二遊撃部隊〕

第五艦隊　司令長官　志摩清英海軍中将

第二十一戦隊（司令官　志摩中将）

重巡「那智《なち》」（艦隊旗艦）「足柄《あしがら》」

第一水雷戦隊（司令官　木村昌福海軍少将）

軽巡「阿武隈《あぶくま》」、駆逐艦「潮《うしお》」「曙《あけぼの》」「不知火《しらぬい》」「霞《かすみ》」「若葉《わかば》」「初春《はつはる》」「初霜《はつしも》」
〔先遣部隊〕
第六艦隊　司令長官　三輪茂義《みわしげよし》海軍中将
　潜水艦十三隻

堂々の出撃

艦隊がまだリンガ泊地に碇泊《ていはく》中のことであった。「武蔵」艦長猪口敏平《いのぐちとしひら》大佐が、ある日の午後、「大和」にやってこられた。猪口大佐は射撃理論の権威者で、私の、横須賀海軍砲術学校教官当時の同校教頭であった。

猪口大佐は、舷梯《げんてい》近くの甲板に立っていた私をつかまえて、「いよいよ、海戦が始まりそうだね、出撃の前に、外舷を塗りかえておこうじゃないか」と提案された。

私は「いや、戦闘をやったらどうせハゲだらけによごれてしまうから、内地へ帰ってからゆっくり塗りかえますよ」と笑って答えたが、心の中では、出撃前に、労力と時間を費やし、きれいにする必要はない。その暇があるならば、休息するほうがずっとよいと思ったからだった。

猪口大佐は「そうか」といって無理押しもされず帰って行かれたが、翌日「武蔵」は朝から、外舷塗装作業をはじめ、夕日の沈む頃《ころ》までには、見るもあざやかな銀ねずみ色に仕上がった。塗ったのは「武蔵」一艦だけであったので、風波にさらされてくすんでしまった艦隊のなかで、ひときわ目立った存在となってしまった。

そうこうしている十月中旬のある日、「機動部隊に掩護《えんご》された有力なる敵部隊は、比島レイテ島タクロバンに上陸開始、所在のわが陸軍部隊はこれと激戦展開中」との入電があった。これぞレイテ沖海戦の序奏であり、僚艦「武蔵」の〝死〟への前奏であった。

十七日八時九分、連合艦隊司令長官豊田副武大将は「捷一号作戦警戒」を発令した。

第二艦隊は十八日、司令長官栗田健男中将の乗艦する旗艦、重巡「愛宕《あたご》」を先頭に朝夕見なれたリンガ泊地を出港、ジャバ北方を北上、二十日正午、北ボルネオ西海岸中央のブルネーに入港した。

刻々と入電する情報を総合すると、各所に膨大なる敵艦隊が発見され、その目的地は、すべてレイテ湾であると認められた。

ブルネー湾では、一応出撃準備を整えたが、すでに〝いざ戦わん〟の決意も「大和」以下全艦の乗り組み員が十分固めており、戦闘準備もリンガ泊地での三か月にわたる猛訓練で完成していたので、とりたててなすべきことはなかった。

そのとき！　神風特攻隊の編成が打電されて来た。零戦に二百五十キロ爆弾を積んで体当たりするという壮絶な作戦である！

一航艦第二〇一戦闘機隊、関行男《せきゆきお》海軍大尉を指揮官とする十三機からなる第一次神風特

「敷島の大和心を人問はば朝日に匂《にお》ふ山桜花」からとった「敷島隊」、「大和隊」、「朝日隊」、「山桜隊」の四隊がつくられた。

神風特攻隊は、関大尉を隊長とする「敷島隊」が「武蔵」が沈んだ翌日の十月二十五日に突撃したのをはじめ、陸海軍あわせて、比島作戦だけで六百五十八人が花と散っている。


一方、ブルネーで受けた連合艦隊命令は、従来の作戦要領と同じで、小沢部隊が囮《おとり》となって敵機動部隊を北方に牽制《けんせい》、その間に栗田艦隊は、志摩部隊支援のもと、十月二十四日にサン・ベルナルディーノ海峡からレイテ湾に突入すべし、というものだった。

その命令に従って、二十二日八時、第二艦隊のうち、第一、第二部隊が一艦また一艦、続々とブルネーを出港した。

ブルネーを出港して間もなく、どこからともなく、一羽の若鷹《わかたか》が飛んで来て、「大和」の後檣頂《こうしょうちょう》にとまった。

ある下士官がすぐ捕えて、艦橋に持って来た。出撃に際し、鷹がマストにとまるのは、瑞兆《ずいちょう》、勝ちいくさに間違いなしと皆が喜んだ。

鷹の故事は、第一は、神武天皇ご東征のとき、お弓の先にとまった金の鷹。第二は、日露戦争中樺太《からふと》攻略に向かった軍艦「浅間」の大檣頂にとまった鷹。そして、第三は、「大

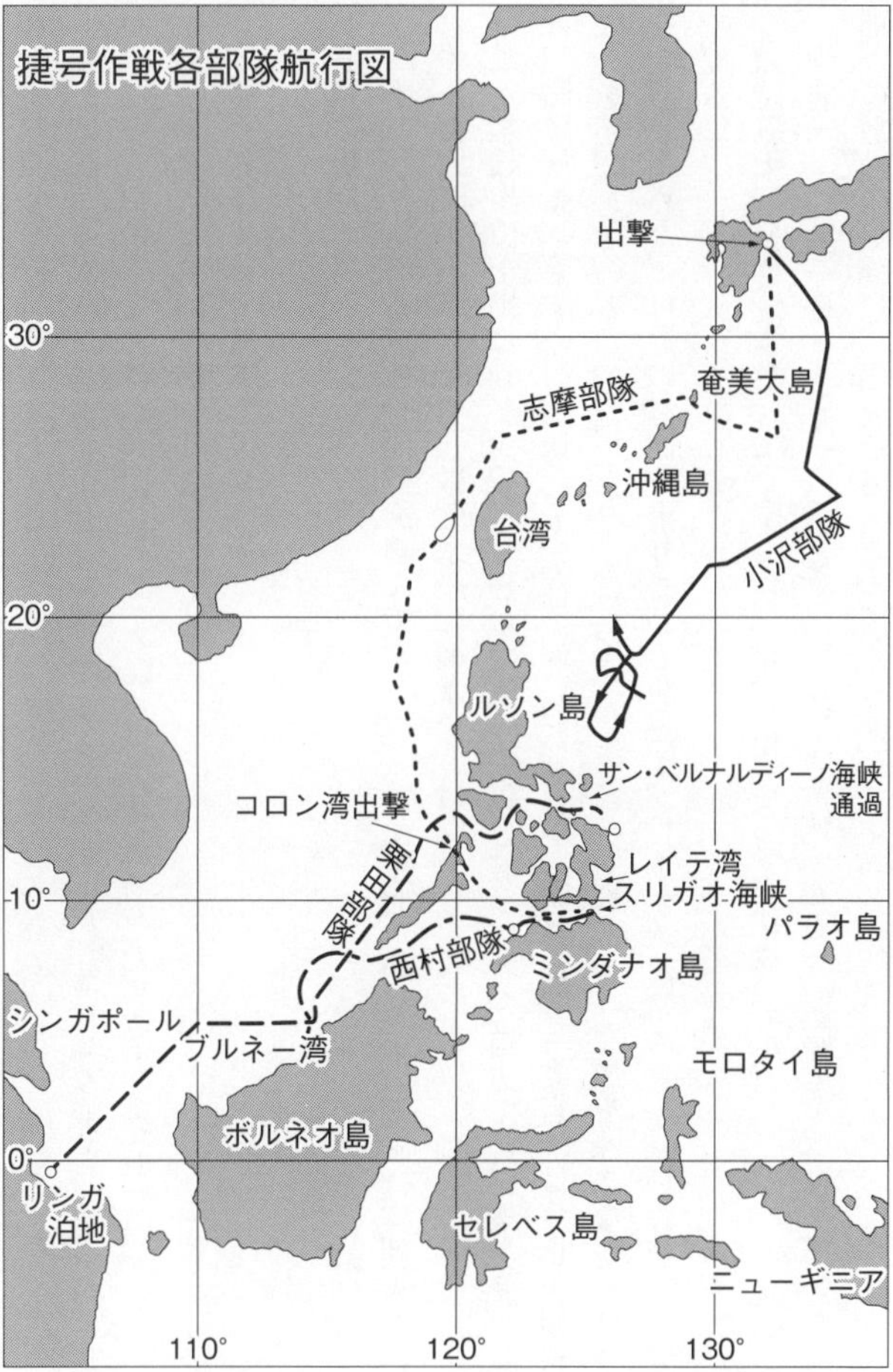
捷号作戦各部隊航行図
出撃
30°
奄美大島
志摩部隊
沖縄島
台湾
小沢部隊
20°
ルソン島
サン・ベルナルディーノ海峡
通過
コロン湾出撃
栗田部隊
レイテ湾
10°
スリガオ海峡
パラオ島
西村部隊
ミンダナオ島
シンガポール
ブルネー湾
モロタイ島
ボルネオ島
0°
リンガ
泊地
セレベス島
ニューギニア
110°
120°
130°

和」の後檣頂。

第一戦隊司令官宇垣纏海軍中将（沖縄戦のときは、第五航空艦隊司令長官）も艦橋に居合わせたが、たいへん喜ばれ、「砲術長」と私を呼んで渡された紙きれ、それには、

「檣上に鷹とまりけり勝いくさ」

と即吟が鉛筆で走り書きしてあった。

武蔵の最期

二十三日、対潜警戒航行隊形を組んでパラワン島沿岸北上中の主力部隊は、朝もやの晴れやらぬ六時半過ぎ、早々と敵潜水艦の襲撃をうけた。

私が艦橋出口を出ようとすると、静かな朝の空気を破って、左前方で鈍い爆発音。見れば、艦隊旗艦「愛宕」の舷側に大水柱。それに続いて上る黒煙。「愛宕」は停止急傾斜し、火災を起こしている。「高雄」もまた艦尾から濛々《もうもう》と黒雲のような煙を吐きながらゆっくり旋回し始めた。付近の海面を走りまわる駆逐艦が投下する爆雷の重々しい炸裂《さくれつ》音が響いてくる。

六時五十三分、「愛宕」はマストに長官旗を掲げたまま沈没。

「愛宕」、「高雄」に見とれているうちに、こんどは「大和」の直前を航行していた「摩《ま》耶《や》」の右舷《げん》中央部に、陽光をさえぎって水柱が高く上がった。

次の瞬間、艦首と艦尾が同時にせり上がる。一万トンの重巡が中央から真二つに折れたのだ。艦内の火薬が誘爆したらしく、轟音《ごうおん》とわき上がる黒煙とともに、「摩耶」の姿はわずか二、三分で水面下に没してしまった。

わずか三十分たらずの間のできごとである。

この騒ぎで、艦隊は一時各方向に分散したが、間もなく、再び集合して隊伍《たいご》を整え航進を起こした。

全艦隊の将兵が心配したのは、旗艦「愛宕」に座乗していた総指揮官栗田中将の安否であったが、やがて駆逐艦「岸波」のマストにするすると中将旗が揚がるのを見て、栗田長官の健在を知り、皆ほっとした。

舵《かじ》を失った「高雄」はブルネーへ帰航することとなり、駆逐艦「長波」、「朝霜」の二隻に護衛されて艦隊から離れていった。

栗田長官ら艦隊司令部の人々は、「岸波」から十五時ごろ「大和」に移り、艦隊は針路を北に変えて前進を続けた。

翌二十四日八時十分、旗艦「大和」中心の、対空警戒航行隊形（輪形陣）でシブヤン海を東進しつつある第二艦隊に、敵機の攻撃が開始された。

「大和」の右方かなたに現われた敵機に、「大和」も主砲三式弾を数発放ったが、敵機は大きく旋回して砲撃をさけ、近づこうとはしなかった。

索敵機であったのであろう。

それから二時間後、敵艦載機約五十機来襲。太陽を背に攻撃態勢を整え、一気呵成《かせい》に急降下攻撃を行なって来た。

各艦一斉に砲撃を開始し、静かだったシブヤン海の上空は、無数の黒い硝煙の斑点《はんてん》でおおわれた。

敵機は、「大和」、「武蔵」に攻撃を集中。高くあがる至近弾の水柱。その水柱が、滝のように「大和」の艦橋にもくずれ落ちる。幸い命中弾はなかった。

第二波は十二時七分に始まり、約三十機。こんどは雷撃機が多く、白い航跡が、左右斜め前方から「大和」めざしてやってくる。

回避運動を行ないつつ、高角砲、機銃をもって反撃。この空襲で、「武蔵」の右舷に魚雷二発命中。直撃弾数発。「妙高」も右舷に魚雷を受け、艦隊から落伍《らくご》した。

十三時三十分、第三波の来襲、敵の目標は傷ついた「武蔵」に集中した。見ていると「武蔵」の対空砲火をかいくぐって執ような攻撃が続く。

十四時二十六分、第四波、戦闘機、雷撃機およそ二百五十機来襲。「大和」の前部、第一砲塔右舷前方に爆弾一発命中、「長門」にも二発の爆弾が命中した。

第三波以来、「武蔵」は速力低下して次第に落伍し、艦隊を離れて行ったので、敵機にとって絶好の獲物となった。

十五時十分からの攻撃では、ほとんど全敵機が「武蔵」の残存砲火が勇敢に応戦する中を、同艦めがけて突入した。

この日一日で「武蔵」は二十一本の魚雷と十八発以上の直撃爆弾、十八発以上の至近爆弾を受け、乗り組み員あげての努力にもかかわらず、十八時三十五分、東径一二二度三二分、北緯一三度三分のシブヤン海で、ついに沈没した。

このほか「金剛」、「榛名」にも各一発ずつ爆弾命中、「矢矧《やはぎ》」も軽微な損傷を受けた。

栗田長官は、日没近くまでいったん避退して突入再開をはかることとし、第五波攻撃を受けた直後、十四時三十分、艦隊を反転させ、十五時、豊田連合艦隊長官に左の報告を打電した。

「航空攻撃に策応し第一遊撃部隊主力は、日没一時間後サン・ベルナルディーノ海峡強行突破の予定にて進撃せるも、〇八三〇より一五三〇まで反覆艦上機来襲延機数約二五〇機、漸次頻度《ひんど》及び機数増大しあり……無理に突入するも徒《いたず》らに好餌《こうじ》となり成果期し難し。一時敵の空襲圏外に避退、友隊の成果に策応進撃するを可と認む。一六〇〇シブヤン海（北緯一三―〇〇、東径一二二―四〇）」

栗田長官の報告を受け取った豊田連合艦隊司令長官は「天佑《てんゆう》を確信し全軍突撃せよ」との返電を打った。

この突撃命令を受けるよりおよそ一時間早く、栗田長官は、再反転を決意し、十六時十五分、艦隊針路を東南東に変え、再びサン・ベルナルディーノ海峡を目ざしていた。

主砲の威力

要するに連合艦隊司令部の意向も、全滅を賭《と》してレイテ湾に突入せよということであった。

栗田長官が一度西方に避退を決意しながらこの連合艦隊の指令を待たず、艦隊を東に向けたところに興味深いものがある。

そして幸運にも、第一遊撃部隊は全く何らの妨害も受けずに、サン・ベルナルディーノ海峡を全艦無事通過、二十五日零時三十七分、太平洋の広い水域に出た。

第三部隊は、第一遊撃部隊主力の行動が予定より遅れているのを承知で、二十五日二時過ぎ、スリガオ海峡に突入北上し、三時二十分より、敵魚雷艇、駆逐艦の魚雷攻撃にあってもひるまず、勇敢に突進したが、待ち構えた戦艦群の電探集中射撃を浴び、敵の方向さえもわからぬうちに、「山城」、続いて「扶桑」が火災を起こし、火だるまとなって轟沈《ごうちん》した。

志摩清英中将の第五艦隊は第三部隊を追ってスリガオ海峡に近づいたが、二十五日三時二十一分に敵の魚雷攻撃を受け、「阿武隈」は左舷中央に魚雷を受けて落伍、残余の各艦も、反転して脱出した。

一方、第三艦隊（司令長官小沢治三郎中将）は、ルソン島東海面北方で敵機動部隊と会戦、犠牲を顧みず、敵の二航空母艦集団を長時間にわたり北方に誘致、栗田艦隊の進撃を間接に掩護《えんご》し、見事囮《おとり》作戦に成功した。

後の話であるが、この第三艦隊の行動通報が、適時的確に栗田長官に届かず、せっかくの成果を十分に活用できなかったのは遺憾であった。

サン・ベルナルディーノ海峡を通過した栗田艦隊は、敵の空襲を予期し、対空警戒の輪形陣をとって、サマール島沖を南下、レイテ湾に向かったが、二十五日六時四十四分、東方水平線に敵空母群を発見した。

多数の巡洋艦および駆逐艦を伴い、六隻または七隻の空母を有する巨大な敵機動部隊——それは、「ファンショー・ベイ」、「セイント・ロー」、「ホワイト・プレインズ」、「カリニン・ベイ」、「キトカン・ベイ」、「ガムビア・ベイ」の六隻の護送用空母、「ホール」、「ヒアマン」、「ジョンストン」の三隻の駆逐艦、「デニス」、「ジョン・C・バトラー」、「レイモンド」、「サミュエル・B・ロバーツ」の四隻の護送用駆逐艦だった。

わが艦隊は、輪形陣を解いて対水上艦艇戦闘の隊形に移る暇もなく、「大和」の主砲発砲を合い図に、いっせいに〝東方の敵〟に向かって突進した。

全く予期しない会敵であった。敵もまた、わが主力艦隊に遭遇するとは夢にも思わず、通常速力で、南方針路で航進中であったが、わが艦隊を見て、周章列を乱し、平文で「われ、敵主力の攻撃を受く、救助を要す」と放送しつつ算を乱して東に逃走した。

「大和」では、すでに総員戦闘配置につき四周を見張って警戒、私も前檣頂の主砲射撃指揮所にはいって、席についていたが、照準装置を静かに旋回して、水平線を見張っていた主砲方位盤射手村田元輝中尉が突然、「砲術長、水平線にマスト！」と声をあげた。見れば、確かに見慣れぬマスト合計六本。直ちに、マストの発見を艦橋に報告、なお監視を続けると、次第に距離が縮まるにしたがって、艦橋が見え、間もなく、飛行機がズラリと並ぶ飛行甲板があらわれた！

敵は空母六隻。水上部隊と空母群が出会うなど、とうてい考え得られぬことである。これこそ千載一遇の好機であるが、あわてたのは敵味方共。主砲指揮所で見ていると旗艦である「大和」から、旗旒《きりゅう》信号で盛んに各隊各艦へ、指令が出ているようであるが、艦橋から主砲指揮所へは何の指示もない。時間は刻々過ぎ、ぐずぐずするとせっかくの敵を逃がしてしまう。

独断、主砲の射撃目標を一番左の空母に選定。砲を目標に指向し、射撃準備を完成、整備を艦橋に報告、射撃開始の指示を待った。主砲の射撃開始は、艦隊戦闘の開始を意味するので、これは砲術長の独断開始というわけにいかない。もどかしいが、艦橋から何の指令も来ない。重ねて、「主砲射撃準備良し」を報告すると、六時五十八分ようやく艦橋から「打ち方始め！」の号令が来た。

待っていたことであるから、間髪を入れず第一斉射発砲。そのとき、「大和」は敵の方向に向かって突進中で、目標は艦首の方向にあり、したがって射撃は第一、第二砲塔の六門で、第三砲塔の三門は参加しなかった。また、各砲の中には、昨日対空戦闘のさい装塡《そうてん》した三式対空弾の残弾がある砲があって、第一斉射で発射された徹甲弾は二発だけであった。射距離三万三千メートル。「大和」の四六センチ主砲にしてみれば、弾着に狂いのない中距離射撃である。

観測鏡の接眼鏡をぬぐって静かに弾着を待つと、やがて主砲発令所（発令所長新田善三郎大尉）から、弾着五秒前を知らせるブザー短符連送、続いて長符、ストップ（弾着）……。

このとき敵空母は、こちらに艦尾を見せ艦首をやや左に射線方向に走っていたが、弾着の際、遠方向にわずかな水煙がのぼっただけであと水柱がない。不思議に思ってなお注視すると、空母の艦体からかすかな黒煙があがり始め、ついでやや右に傾き始めた。命中弾の兆候である。この初弾の命中は、先に発艦していた「大和」の観測機も認めて「初弾命中」を報告してきた。

同じ目標に、続いて三斉射を送ったが、このとき、射線の右方から全速で煙幕を張り始めた敵駆逐艦を認めたので、なるべく多くの敵空母を傷つけようと思い、目標を敵の二番艦に移し、射弾を送ったが、間もなく煙幕にかくれて見えなくなったので、直ちに電探射撃に移った。その効果は不明であった。

七時五十一分、煙幕から現われた敵巡洋艦に、距離一万七千メートルで一斉射浴びせたが、数弾命中、巡洋艦の姿は、火炎と共に一瞬にして消え去った。

この後、「大和」は、右前方から走ってくる魚雷数本を認めたので、直ちに左に転舵《てんだ》、魚雷航跡を艦尾に見るようになったが、魚雷の速力が意外におそく、なかなかやり過ごせないため、数分間敵と反対の方向に走ることとなり、反転して敵に向かったときには、すっかり敵との距離が開き、その姿を見失ってしまった。

「大和」が、敵の張った煙幕の中を通って敵の方向に進出中、戦闘開始に当たり「大和」の大砲弾を受けて沈没にひんし、わずかに艦尾を水面にあらわしている敵空母の近くを通過した。

砲戦が遠距離で、敵影が見えないので、腕がなっていたしかたない「大和」の高角砲、機銃関係員はこれを見て、だれが始めたともなくこれに向かって射撃を開始した。機会をねらっていた連中が、一度に堰《せき》を切られて飛びかかったようなものだった。射撃音に気がついて、観測鏡をそのほうに向けて注視すると、水面に残った敵空母の艦尾には、黒山のように、敵艦の乗員が群がっている。私は、即座に防空指揮所の艦長に向かって、射撃の中止を申請、艦長の号令で、やがて射撃は止まった。敵兵ながら、無抵抗の状態にある者を、殺傷するに忍びなかったからである。

栗田艦隊の各隊は、敵空母部隊を南方に追いつめ、あと二、三十分もすれば、敵空母をことごとく屠《ほふ》り得るところまで迫ったが、その時、九時十一分、戦場を見渡せない後方にいた「大和」の艦隊司令部から〝集結〟の指令があったため、惜しくも各艦は追撃を中止して北上した。

この海戦で、敵空母「ガムビア・ベイ」、駆逐艦「ホール」、「サミュエル・B・ロバーツ」、「ジョンストン」を撃沈した。わがほうも「熊野」、「鈴谷」、「鳥海」などが傷ついた。

なおこの直後の十時四十分、関大尉の特攻隊「敷島隊」五機が、レイテ湾に逃げ込んだ敵艦隊を襲い、空母「セイント・ロー」を轟沈、空母「カリニン・ベイ」「キトカン・ベイ」を大破した。

戦機、永劫に去る

集結を終わった栗田艦隊は隊列を整えて、十一時二十分、西方レイテ湾口に向かって航進を起こした。

ところが、小沢艦隊その他からの状況通報は一向になく、推察する敵状は、米軍が陸上に急設した飛行場から反覆攻撃を受ける懸念があり、かつまた、小沢艦隊のいる北方からは、強力なる米第七艦隊の正規空母群が集結、わが艦隊に向かって急航中であるかのごとき通信も傍受されたので、栗田長官は、レイテ湾に突入し、狭い湾内で敵航空機と交戦することの不利を思い、突入の意志を翻し、北方より近づく敵主力に当たるべく、十三時、艦隊針路を北に変えた。

「大和」の艦内では、依然総員戦闘配置についたまま警戒していたが、明け方に敵空母を最初に発見した村田中尉が、またもや、「砲術長、敵戦艦のマスト左九十度方向！」と報告した。

見ると、はるか水平線のかなた、サマール島を背景に、確かに主力艦のマスト二つ。西に傾いた太陽に面しているのと、靄《もや》があって見えにくいが、紛れもない大型のマストで、艦隊と同じく北に向かって航進しているらしい。測的所に号令して、前檣頂の十五メートル測距儀を旋回して距離を測らせると、平均測距四万メートル。主砲の射程内にあるから、効果ある射撃はもちろん可能である。

機を逸せず全砲塔を左舷九十度方向にあるこの目標に指向して射撃準備を行ない、伝令を介し艦橋に向かって「左九十五度、敵の主力艦、距離四万メートル、主砲射撃準備良し」と報告して、艦橋からの指令を待った。朝の例もあり、艦橋の号令を待っていては、時機を失うおそれがあるのを思っての独断処理である。

相手は敵の主力艦、「大和」四六センチ主砲の真価を発揮する絶好無二のチャンスである。私も慎重を期した。まず、太陽が射線方向にあってはまぶしくて十分の照準および観測ができないので、艦橋の艦長へ、

「射線方向に太陽があります。全速力で、前方か後方に移って敵の方位を三十度変えて下さい」と具申。

しばらく待ったが、艦橋からは指令がない。重ねて「主砲射撃自信あり」、「ぐずぐずすると見えなくなる」とまでいったが、艦橋無言。

そのうちに、目ざす敵艦は、夕靄の中に消えてしまった。

艦隊が、ブルネー基地に帰ったとき、宇垣第一戦隊司令官が私に「砲術長、レイテ沖の帰りに見えた敵主力艦、あれはほんとうだったのかね」、「間違いありません、村田（主砲方位盤射手）も見たのですから」、「そうだったか」と返事をされた宇垣司令官は、いかにも残念そうであった。

レイテ湾頭敵主力艦の存在を認めながら、砲撃開始を許可しなかったことについては、後日、森下艦長（沖縄出撃時は第二艦隊参謀長）のお話では、「報告を聞いて、自分も防空指揮所の見張り用十二センチ双眼望遠鏡について捜したが見えず、念のため、艦隊司令部から、戦艦「金剛」を偵察に向けたが、発見し得なかったからだ」とのことだった。

主砲射撃指揮所の双眼鏡と防空指揮所の双眼鏡では、大きさの差、高さの差、技倆《ぎりょう》の差が格段に違い、当時、太陽が西に傾き、西方に対する視界が刻々せばまっていた折り柄なので、「金剛」の偵察必ずしも的確と思われず、いずれにしても、好機永遠に来たらずの嘆を、私をはじめ射撃関係者がいだいたのも無理からぬことであろう。

艦隊の帰港燃料に対する心配もあって、栗田艦隊は、北方の敵との交渉を打ち切り、夜間、再びサン・ベルナルディーノ海峡を、東から西へ抜け、血戦場シブヤン海を通り、二十八日二十一時三十分、ブルネー湾基地に帰港した。

二十六日、シブヤン海を避退中も、両三回敵機の空襲を受けたが、最後の十五時の空襲は、B24四十機であった。東方から栗田艦隊を追跡して来たB24の編隊は、対空戦闘配置につき、全速力航進する艦隊各艦のはるか遠距離を迂廻《うかい》して、西のほうから、爆撃針路にはいり、まっすぐ艦隊直上に向かって来た。

艦隊の対空戦闘は、まず各艦主砲の射撃から始まった。射距離、三万、二万八千、二万五千……炸裂《さくれつ》する主砲三式弾で、見事、三機が空中分解！

爆弾投下点にはいると、B24は一斉に翼下の爆弾を放つのが見えた。すうっと尾をひくように弧を描いて落ちて来る。一秒、二秒、三秒……「大和」は、〝取舵《とりかじ》いっぱい〟で回避を試みた。艦の左旋回が始まるか始まらないうちに、地軸を揺るがすす連続爆発音。B24の大型爆弾が、右前方の海面を打って炸裂したものである。幸い「大和」に命中弾はなく、至近弾の破片で、右舷中部の機銃員が二十数名死傷した。

B24機群は、そのまま北東方に引き揚げた。

ふと艦外に目をやると、左舷側約二百メートルぐらいの距離を、流れて行く者がある。よく見ると、戦闘中、前衛の駆逐艦からでも落ちたのか、こちらを向いて片手を高く上げ、何か叫んでいる様子。戦闘中では、艦を停止して救助するわけにもいかない。気休めかも知れなかったが、後甲板から救命浮標を投げさせて見守ったが、彼は、はるか後ろに取り残され、やがて波間に見えなくなった。彼の叫びは救助を求める声であったか、祖国の安泰を希《こいねが》う最期の万歳であったのか知る由もないが、悲壮胸を打つ光景であった。

青空に浮く白雲、傾く夕日を浴びて輝く。東から次第に暮れゆくシブヤン海上は、その後何事もなかったように静かだった。

かくてレイテ沖海戦は終わった。この五日間で日本側は、空母四隻、戦艦三隻、重巡六隻、軽巡四隻、駆逐艦十一隻を喪失したのだった。第二艦隊も次の通りの被害を受けていた。

沈没　戦艦「武蔵」「山城」「扶桑」
　　　重巡「愛宕」「摩耶」「鳥海」「鈴谷」「筑摩」「最上」
　　　軽巡「能代」
　　　駆逐艦「山雲」「満潮」「朝雲」「野分」「早霜」「藤波」

戦後、このレイテ沖海戦について、栗田艦隊が、あと一息突っ込めば、レイテ湾内で裸でいたマッカーサー大将とその輸送船団をはじめ、戦艦以下護衛の艦船を、わけなく殲滅《せんめつ》できたのに……と惜しむ人も多い。しかし、当時の状態ではいかんともしがたい混乱のもと栗田司令長官が変針を決定、戦場を去ったのも、無理からぬことであったのだろう。戦機は一瞬にして永劫《えいごう》に去る。身を弾雨にさらしての判断には常人常時の考えでは及ばぬ要素を含むものである。

かくて十九年十二月十九日、フィリピンはマッカーサー大将の手にかえった。

「大和」建艦とその威容

呉海軍工廠で艤装中の「大和」（1941年９月撮影／毎日新聞社提供）

世界長大の戦艦「大和」は特攻出撃の途次、沖縄沖で潔い最期を遂げた。

その三千余の乗り組み員の檜舞台《ひのき》は、たった二時間の対空戦闘で結末したとはいえ、「大和」の存在と切り離せない三年四か月の血の出るような訓練と、対敵警戒があった。その努力は何に比べても劣らない第一級のものであった。

同時に「大和」を生んだ建造関係者にも、肉をそぎ、骨を削る四年の苦闘があった。それを忘れてはならない。たずさわった者の数は数千にも及び、当時の真剣な努力をしのんで、今もなお郷愁にも似たなつかしい思い出にふける人が少なくないであろう。

長い〝建艦休止〟のあとを受け、時代を超越した飛躍的の規模を持つ大戦艦を、しかも最厳の秘密裏に建造したことは、その間の関係者の苦心、努力、配慮は千万言の賛辞も及ばないであろう。計画、建造当時の予期に反し、航空機の飛躍的な進歩によって、海戦で占める戦艦の地位は急速に変わったが、微に入り細にわたり、一鈑《ばん》一鋲《びょう》の末にも注意を払って仕上げられた偉大なるこの戦艦の真価は、識《し》る人ぞ知るである。戦いなき平和の世界を希求しながら他面、敵戦艦部隊を相手にして「大和」の全能力を発揮する機会に恵まれなくして終わったことを惜しむ者は、われわれ「大和」に乗り組んだ戦闘員だけではあるまい。

構造、性能の詳細は、当時基本設計に参画された元海軍技術大佐松本喜太郎《まつもときたろう》氏の著書「戦艦大和、武蔵設計と建造」に詳しく述べられてあるが、「大和」の沖縄特攻出撃をよりよく理解していただきたいため、話はぐっとさかのぼるが、「大和」建艦にいたるまでの世界情勢をあわせて艦の大要を書いておきたい。

日米建艦合戦

第一次世界大戦中の大正五年、アメリカ海軍がダニエル艦隊案、すなわち巨大な戦艦十隻、巡洋戦艦六隻を基幹とする大艦隊を三年計画で完成する構想をたてた。これをきっかけとして、日米両国の建艦合戦がはじまった。

常にアメリカを仮想敵国とし、アメリカに対抗しうる戦力の充実につとめていた日本海軍は、さっそく八・四艦隊計画を立案、大正六年、第三十九議会に建造費予算を上程、その承認をうけた。それは「陸奥」、「長門」、「扶桑」、「山城」、「伊勢」、「日向」の六隻に新建造の「加賀《かが》」、「土佐《とさ》」の二隻を加えた八戦艦と、「榛名」、「霧島《きりしま》」、「天城《あまぎ》」、「赤城《あかぎ》」の四巡洋戦艦合計十二隻、その下に巡洋艦などの補助艦艇を配するという内容であった。翌大正七年には、さらに巡洋戦艦「愛宕」と「高雄」二隻をあらたに追加した八・六艦隊案を第四十議会に上程し、成立させた。同年、第一次世界大戦がドイツの降伏によって終わりを告げ、世界は一応平和になったが、戦力蓄積につとめるアメリカ海軍は、十・六艦隊を大幅に上回る主力艦の拡張計画を立て、強力な海上兵力を持つ大海軍をつくる気配を見せていた。

当時、世界の海軍国の一つ、イギリスは第一次世界大戦で深傷《ふかで》を負って、とうてい新造拡張に乗り出す余裕はなく、アメリカに対抗できるのは日本海軍のみであった。その日本海軍にとって、アメリカの大拡張計画は大きなショックだった。

そこで日本海軍は大正九年の第四十三議会に、八年も前から〝夢〟にまでえがいていた八・八艦隊案を上程し、成立させた。その海軍構想は、最新式の戦艦八隻――「陸奥」、「長門」、「加賀」、「土佐」に新設計の「紀伊《きい》」、「尾張《おわり》」、「戦艦第十一号」、「同第十二号」、巡洋戦艦八隻――「天城」、「赤城」、「愛宕」、「高雄」に新設計の「巡洋戦艦第八号」、「同第九号」、「同第十号」、「同第十一号」を第一線兵力、艦齢八年から十六年を経た「扶桑」、「山城」、「伊勢」、「日向」、「摂津《せっつ》」、「安芸《あき》」、「薩摩《さつま》」の七戦艦、「榛名」、「霧島」、「比叡《ひえい》」、「金剛」、「生駒《いこま》」、「伊吹《いぶき》」、「鞍馬《くらま》」の七巡洋戦艦を第二線兵力として、そのほか軽巡洋艦二十四隻、駆逐艦七十二隻、潜水艦六十四隻、特務艦若干隻という二百隻になんなんとする艦隊の建造案であった。

この大計画を企画、成立させたのは、日本海軍の祖、山本権兵衛《やまもとごんのひょうえ》元首相、四代の内閣で海相をつとめた加藤友三郎《かとうともさぶろう》元帥の尽力であるといっても過言ではない。

その加藤海相が翌年のワシントン軍縮会議におもむいて、自らこの計画をご破算にし、わずかに六隻の戦艦、四隻の巡洋戦艦の計十隻のみを残して他艦はことごとく廃棄する軍縮協定を結んだのであった。

涙をのんだ軍縮会議

「ワシントン会議」が開かれるまでの背景には、世界の社会情勢、日本の財政問題などがあった。第一次世界大戦後、欧米諸国では、国民の購買力が急激に低下し、生産品の滞貨が目に見えて増加、社会不安にまでなりつつあった。その結果、際限なくくりひろげられる軍備拡張競争による経済的な負担に、アメリカも日本もたえがたくなってきた。さらに多くの犠牲をはらった世界大戦のいまわしい記憶も加わって、知識人の間に戦争回避のための軍備縮小の機運がひろがり、世論として高まってきた。

日本でも、経済的、社会的に大きくゆれ動いた時期でもあった。大戦中に迎えた好景気は、経済恐慌という反動となってあらわれ、労働運動や農民運動も急に盛り上がってきていた。これらの事項から日本は、軍備縮小の呼びかけに応じ、大正十年十一月、ワシントンで開かれた軍備縮小会議、通称「ワシントン会議」に加藤海相が首席全権として参加、アメリカ・イギリス・日本の主力艦保有比率を十・十・六とする米国提出の軍備縮小案に同意した。と同時に、十年間の主力艦建艦休止の条約を結んだ。

この十・十・六の条約には、日本国内で多くの反対があった。日本海軍は、対米作戦の最低兵力として、「対米比率七割」が国防安全の立場上必要であると最後まで主張した。これをうけて加藤海相は比率七割を主張してゆずらず、四日間ももめ続け、一時は会議が流れるかと心配されたが、最後には加藤海相が英断をふるい、米国の対日攻勢基地を制限すれば、比率を緩和したのと同然と考え、さらに建艦無制限競争が、将来日本の財政を破綻《たん》させることを憂慮した結果、アメリカ原案をついに承認したのだった。

この条約成立、翌大正十一年三月実施とともに、日本の八・八艦隊案は夢となり、戦艦は「陸奥」、「長門」、「扶桑」、「山城」、「伊勢」、「日向」の六隻、巡洋戦艦は「金剛」、「比叡」、「榛名」、「霧島」の四隻を残すだけとなって、「赤城」、「加賀」が航空母艦に改造され、建造途中の艦艇は、すべて廃棄、解体される羽目となった。

主力艦の十年間建造休止は、明らかに日本の財政を救ったが、造船界は、これによって大打撃をうけた。まっさきに海軍が呉をはじめ、各工廠《こうしょう》の工廠員を大量に解雇、民間造船所でも施設を縮小、作業員を大幅に整理せざるを得なかった。そのため各造船所で、大規模なストライキが相ついで発生した。

このとき長崎造船所で建造されていた戦艦「土佐」が作業中止となり、のちに瀬戸内海で射撃研究材料となって、あとで述べる「大和」型戦艦の防禦《ぼうぎょ》体制に一役買っている。

かくして第一次世界大戦を転機として始まった露骨な大艦巨砲主義の競争も、ここで一応ストップしたが、さらに、昭和四年、世界恐慌の荒波も一因となって、翌五年一月にはロンドン軍縮会議が開かれた。

このロンドン会議をめぐっての話は、多くの歴史書、戦記物に詳しく書かれているので、ここでは荒筋だけを述べるにとどめる。

さきのワシントン会議では、主力艦のみが協定され、補助艦の協定は話し合いがつかぬまま後日にゆずられた。それをまとめるのがこのロンドン会議だった。

日本海軍は、主力艦の比率が米英十に対し六に押えられたのに対し、補助艦こそは、七割の比率を確保しようと、補助艦総括対米七割、大巡七割、潜水艦は現保有量の七万八千トンの三原則をきめ、若槻礼次郎《わかつきれいじろう》元首相、財部彪《たからべたけし》海相ら全権を派遣した。一方、アメリカが提出した原案は、ワシントン会議と同じく日本を六割前後に押えようというものだった。これに対し日本側は一歩もしりぞかず、再び会議の前途が危ぶまれる状態となったが、日米全権が話し合って一つの妥協案ができた。

それは大型巡洋艦の比率は六割とするが、潜水艦は日本の要求する七万八千トンには不足するものの、アメリカと同率の五万二千七百トンとし、総トン数比率が六九・七五％——約七割というものだった。

この妥協案に対し、軍令部はなお反対をとなえ、さらに強硬に談判してほしいと政府にくいさがった。

時の浜口雄幸《はまぐちおさち》首相は、この軍令部の意見も十分聞いたが、三月二十七日、海軍側に政府の「全権請訓の妥協案を基礎に協定を成立させたい」という考えを伝え、四月一日の閣議を経て、上奏御裁可を得るはこびとした。

そして四月二十二日、ロンドン条約は調印されることにきまった。

ところが、そこで起こったのが歴史上有名な「統帥権干犯《とうすいけんかんぱん》」問題だった。これは第五十八特別議会で野党の政友会が攻撃材料として取り上げたことから端を発した。海軍軍令部が反対しているものを、内閣が勝手に協定を認め、条約に調印したことは、天皇の統帥権を政党内閣がおかしたというものだった。結局、議会や軍事参事官会議、枢密院などで大もめにもめ、大難航のすえ、十月二日になってようやく批准され、ロンドン条約が一段落を告げたが、この「統帥権干犯」問題が、浜口首相狙撃《そげき》事件となり、あとになって五・一五事件や二・二六事件の一因をなしたといわれている。

極秘の設計図

満州事変（昭和六年九月）が発生したころから、日本海軍部内では十・十・六の比率に不満の意を表する強硬派が日増しに勢力をのばし、軍縮条約の破棄を公然と主張するようになっていた。そのような背景を持って、昭和八年、松岡洋右《まつおかようすけ》首席全権大使が、ジュネーブで開かれた国際連盟総会に出席、満州事変に関するリットン報告書の件で正式に連盟脱退を通告した。

こうした世界情勢から、昭和十一年に期限切れとなる主力艦建艦休止条約が、さらに延長されることはあるまいという見方が濃くなってきた。アメリカ、イギリスは、さらに条約有効期間の五か年間延長を望む気配だったが、日本海軍内で大勢を占める条約破棄派が、それを無視することは当然であろうとまで推測されるに至っていた。

そして条約破棄となると、当然世界的な新艦建造競争が再び始まり、しかも新艦は、八・八艦隊計画で建造中、廃艦となった「土佐」クラス以上、すなわち排水量四万トン以上の高速戦艦が主となることは、関係者には容易に予想された。

この間、このロンドン条約でしばられた兵力不足をおぎなう方策として実施されたのが、海空軍の充実、制限外艦艇の建造、既成艦の改装、許された範囲内での新造艦の性能強化であった。しかし、いろいろな無理がたたって計算通りにいかず、水雷艇転覆事件、駆逐艦の艦首切断事件などが続出、この時期が日本海軍の〝試練の時〟とまでいわれるほど苦い経験をした。

そして、大正時代からの歴史的背景、国民感情、造船技術に、その苦しい経験が加味されて誕生したのが、空前絶後の巨艦戦艦「大和」であり、戦艦「武蔵」だった。

戦艦「大和」の建造案は、昭和九年十月、軍令部から海軍省に要求された要目に従って、艦政本部が研究を担当することにはじまった。
軍令部が要求した新戦艦の要目は、
主　砲――四六センチ砲八門以上
速　力――三十ノット以上
防禦力――三万メートルにて四六センチ砲弾に耐えること
航続距離――十八ノットで約八千カイリ
飛行機――四機ないし六機
このほか副砲、高角砲、機銃などの装備についての要求があった。
これというのも、海軍首脳部はワシントン条約の再延長を考慮せず、昭和十一年末をもって無条約時代に再び突入することを計算しての要求だった。

海軍、議会をだます

戦艦の価値評価は、搭載《とうさい》される主砲の威力によって左右される。より巨大な砲を装備し、より遠くの目標物に、より大きな打撃を与える戦艦を持ちたいということは、世界制覇《せいは》をめざす各国海軍の痛切な願いであった。その結果が四〇センチ砲数門をそなえた強力な戦艦となって出現したが、その四〇センチ砲が、太平洋戦争まで、戦艦に装備される主砲の限界とされていたのだ。

ただそれまでに、イギリスの巡洋艦「フューリアス」に四五センチ砲一門が装備され、数回の実射が行なわれたという記録がある。それによると発射の衝撃で艦体の震動が非常に激しかったといわれ、不成功だったらしい。砲身の長さも十六メートル程度の短いものであまり威力はなく、遠距離射撃も不可能だった。それに比べて、口径四六センチ、砲身二十一メートルという世界最長、最大の主砲が、新造艦に搭載されることは、疑いもなく世界戦艦史上最大の威力を秘めた戦艦であることを意味していた。

この四六センチという巨砲を考えた裏には、パナマ運河が関係していた。仮想敵国のアメリカが巨艦を造る場合、大西洋と太平洋の両洋で、おのおの独立して戦い得る艦隊を持つことは財政上からもできないだろうし、アメリカ海軍自身、そのようなことは考えてもいなかったろうと想像される。とすると、パナマ運河を通過して大西洋へでも太平洋へでも出没できる戦艦の横幅は、パナマ運河の出入り口の幅三十三・五メートルを下回るものでなければならない。

艦政本部でいろいろ研究を重ねた結果、四六センチ砲を搭載しても、パナマ運河を通過でき得る艦幅三十二・九メートルの戦艦はできる。しかし戦艦の機能が著しく減少され、速力も二十三ノット程度となり、近代的軍艦建造はむずかしいことがわかった。

のちに述べるが、四〇センチ砲と四六センチ砲は性能において格段の差があるので、日本より兵力の差で優位にたつアメリカをしのぐには、四六センチ砲を搭載するほかないと断定、この要求となった。

これに対し艦政本部は、平賀《ひらが》譲《ゆずる》造船中将の指導、福田啓二《ふくだけいじ》造船大佐の設計基本計画主任で研究を進め、昭和十一年七月原案が完成、それにもとづいて二十三種の異なった設計図が引かれ、ようやく昭和十二年三月末に、二年半ぶりに最終決定をみた。

それは従来の戦艦というものの常識を打ち破った画期的なものであり、写真を見てもわかる通り、軍艦というよりおびただしい兵器を備えた、〝浮かぶ要塞《ようさい》〟であった。

「大和」の建造は極秘だった。敵国に新造艦の性能を教えることはなかったうえ、「大和」は条約の期限切れ前に四六センチという巨砲を搭載する計画で話を進めたためもあった。

従って建造費なども正確な数字は公表されていない。いったい、世界最大の戦艦一隻をつくるのにいくらかかったのだろうか。

大蔵省に建造予算が提出されたのは昭和十二年の第三次補充計画にもとづいてであった。しかし秘密を守るため、予算の請求もまともにはできず、三万五千トンの新戦艦二隻と駆逐艦三隻、潜水艦一隻の建造に名を借りて、建造費と、必要な施設の改造増設費を捻出《ねんしゅつ》した。

「大和」一隻の実際の建造費としては資料が残っていないが、昭和十一年三月に艦政本部がまとめた建造予算によると、総額一億三千八百万円余りとなっている。現在の評価を当時の約一千倍とすれば、換算すると一千三百八十億円という膨大な金額に達するものだった。

構造一般

つぎに「大和」の構造、性能の概要を述べよう。

「大和」は幅がきわめて広いが、排水量の割り合いには長さが短いため、外見上あまり大きく見えない。この大きな内容を小さな艦に造り上げるところに建造関係者の苦心があった。ただし、四〇センチ砲搭載《とうさい》の代表艦である「長門」、「陸奥」を近くにおいて比べると、親子ほども大きさが違い、戦闘力も格段の差があった。

四六センチ三連装の主砲と塔を前部に二基置いたため、前檣楼《しょうろう》が艦の中央に置かれることになり、艦全体の感じとしては前方が長く後方が短い外観となった。

前檣楼は塔型で、従来の三脚または六脚の前檣とは全く形が異なり、砲爆弾の被害に対してずっと安定がよく、堅牢《けんろう》であり、艦の指揮中心として必要なる施設を全部集めたにかかわらず比較的小さいものとなった。

前檣楼の面積の比較（正面積×側面積）

大和　一五九平方メートル×三一〇平方メートル

長門　一六三平方メートル×三七一平方メートル

鏡の震動が、他艦に比べて、格段に少なくなった。これは、観測鏡を十八センチの双眼望遠鏡としたこととあいまって、弾着観測を容易にし、射撃指揮上きわめて有効であった。

前檣楼を塔型にしたため、その頂上にある主砲射撃指揮所の中の射撃指揮官用弾着観測鏡の震動が、他艦に比べて、格段に少なくなった。

前檣楼の構造は、同心円の二重の筒であり、内筒は直径一メートル半の二センチ厚さの甲鉄板で、機銃弾や弾片に耐えた。中は電線および諸管の通路で、内筒と外筒との間には諸室が配置され、外筒の外部には指揮関係の施設が置かれた。諸室はほとんどが気密室で、毒ガスに備えてあった。

司令塔と主防禦《ぼうぎょ》区画内の諸指揮室との間の通信連絡を確保するために、内径一メートル、厚さ三十センチの鋼筒を防禦甲板から司令塔までたてられ、その中は電線通路になっていた。

前檣楼に置かれた施設のおもなものは、

主砲射撃指揮所（射撃塔）

測的所（檣楼十五メートル測距儀装備）

主砲射撃指揮所と測的所とは別々に全周旋回が可能である。

防空指揮所

第一艦橋（昼戦艦橋）

第二艦橋（夜戦艦橋）

作戦室
休憩室
電探室
副砲射撃指揮所
高角砲指揮所
照射指揮所
伝令所
見張り所（指揮所、上部、下部、上空）
信号所
司令塔

各指揮所、見張り所には十二センチなどの大型双眼鏡を備えてあった。

司令塔は厚さ五十センチの甲鉄で囲われ、敵主砲の直撃弾から防禦し、内部には、前部に操舵《そうだ》兼操艦所、中央に防禦指揮所、後部に主砲予備指揮所がおかれ、旋回方位盤を備えてあった。

前檣楼には、上甲板から第一艦橋直下の作戦室まで四人乗りのエレベーターの設備もあった。

最上甲板は艦首が盛り上がり、第一主砲砲塔付近が一番低く、中部甲板は再び高くなって水平で、全体として波形を呈していた。最上甲板は艦尾で切れていたが、上甲板は艦首から艦尾まで一貫した波形で、構造上、艦の縦の強度を増加する作用をしていた。第一砲塔のあたりが低くなっていたのは、重量物である砲塔の位置をなるべく下げて重心を低くするためであった。

煙突は前檣楼の後方にあり、十二基の主罐《かん》の煙路を一本にまとめた大きいものだった。艦の速力や風向きによっては、前檣楼のうしろに熱煙が吸い寄せられるので、その影響をさけるため、前檣楼より遠ざかるごとく、著しく後方に傾斜させてあった。

煙突の下部には、熱気を防ぐため防熱板が張られ、同時にこれが給気路を兼ねていた。後檣もまた煙突のように後方に傾斜し、無線空中線の有効長さを増していた。

前檣楼、後檣の間には、最上甲板の上方に煙突を囲んで巨大な上部構造物があり、高角砲機銃の指揮装置、探照灯等が配置され、高角砲、機銃には主砲爆風よけの楯《たて》が装備されていた。

本艦は乗員が多く、また連合艦隊の旗艦となることがあるため、上陸、交通その他の作業用に十二メートルより十七メートルまでの内火艇類十一隻とカッター五隻計十六隻の艦載艇があり、主砲の爆風を避けるため、すべて上甲板下に格納されるようになっていた。これらは、後部主砲両側の舷側《げんそく》甲板下に設けられた格納庫内に二列に収納され、外舷扉《ひ》を開いて甲板下を通るレールで、走行ホイストによって吊《つ》られたまま舷外に、また内側艇は上甲板上のレール上を移動して舷外に出るようになっていた。これは本艦独特な新機軸の一つであった。

艦尾両舷には飛行機の射出機が装備してあった。飛行機は常備六機、予備一機を搭載し、短艇と同じ理由で三番砲塔後方の飛行機格納庫に収納し、飛行機を出し入れするため、専用エレベーターもあった。

本艦の艦首は徹底した球状艦首で、吃水《きっすい》線下で約三メートル前方に突出していた。これにより全速力における船体抵抗を約八％減少することができた。

従来の戦艦は、横に並べた二枚の舵《かじ》を装備していたが、これでは魚雷などの被害によって二枚の舵を同時に失う心配もあるので、本艦では、中心線上、前後に置いた二枚の舵（主舵、副舵）を装備してあった。

居住性は従来艦に比べて著しく改善された。すなわち、下士官兵も大部分が寝台を使えるようになり、サーモタンクによる暖冷房が設けられ、居住区一人当たりの面積が、長門級では二・六平方メートルだったのが、本艦では三・二平方メートルと広くなった。暖房は蒸気を、冷房は火薬庫用冷却機の冷却水をつかうようになっていた。

艦内の通信装置としては、次のようなものを使用してあった。

伝　声　管　金属管を通して相互に肉声を聞き得るようにしたもので、艦船ではもっとも一般的のもの。しかし、艦が大きくなると管が長くなって聞こえぐあいが悪くなり、防禦甲板を通すと防禦力を減ずるので、本艦では伝声管を減少し、電話機をこれに代える方針をとられた。

直通電話　重要個所同士、直接交話できる電話で、伝声管その他と併用して指揮命令、報告の迅速《じんそく》なる通達を期する所に備えられていた。

空気伝送管　通信事項を書いた紙片を軽金属製のパイプに入れ、伝送管に入れると圧縮空気の力により、所定の場所に送られるもので、伝声管と同じく特定個所間の通信に使われた。

伝声管、直通電話、空気伝送管の装備状況（伝声管×直通電話×空気伝送管）

大和　一四六×四九一×二〇

長門　一九二×三八五×二〇

交換電話　電話交換室を通る一般電話。

高声令達器　艦橋、伝令所等に発信器を置き、艦内各所に備えたスピーカーにより、号令、用務を放送する装置で、警急ブザーの放送も行なうことができた。

通　報　器　必要なる号令、命令を文字板に書いた発信器一個に、同じ装置の受信器一個または数個を組み合わせた電気通信器で、直通電話と併用して重要個所間の通信に使用できた。

艦内通信は、右のような発声通信装置、聴視覚通信のほかに、命令者、受命者の視認距離内においては簡単確実に意志伝達のできる〝手先信号〟が盛んに利用された。

艦内の暑熱を防止して居住性を良くするとともに、防毒を考慮して必要な管制を行ない得る各系統、各場所ごとの通風装置が設けられていた。通風機の台数は二百八十二台、またその合計馬力は千二百八十四馬力に達した。

本艦の主機関は堅実を第一義として選択された。

本艦の罐一罐あたりの発生馬力一万二千五百馬力は、駆逐艦「島風」の罐が一罐二万五千馬力を出すことを考えると、さほど大きいというほどではなかった。蒸気圧力、過熱温度についても当時毎平方センチ三十キロ、三百五十度が普通使用されているのに対し、本艦では二十五キロ、三百二十五度であった。

その代わり、「大和」の罐および主機械の配置は、取り扱いおよび防禦上理想的であった。損傷を受けた場合、被害を局限するために、罐は一罐一室に分割して搭載、主機械の四軸も一軸一室となっていた。三罐室と機械室一室を一組みとし、その四組みが横に整然と並べられたので、付属する蒸気管の配管もきわめて簡単であり、このことは、被害局限のうえから飛躍的の大進歩ということができた。

本艦は安定性能がよく艦体が堅牢であるため高速力旋回運動中、波浪中、主砲発砲時等に起こる傾斜、動揺、震動が少なく、射撃関係をはじめ各部の機械操作上きわめて好都合であった。旋回運動中の傾斜が少ないのは復元性能の主要素のひとつであるＧＭが比較的

大きいことによっていた。公試状態におけるGMを比較すると、
大和　二・六メートル
長門　二・三二メートル
「大和」の旋回性能は他艦に比べ艦の長さの割り合い、大きさの割り合いには良好だった。旋回性能の特徴としては、舵をとって艦がまわり始めると早くまわるため旋回圏は小さかったが、艦が大きくて旋回惰力が大きいために、舵のききはじめるのがひじょうにおそかった。

本艦が舵角三十五度で転舵した場合、
舵がきき、艦が九十度方向を変えたときの縦方向の距離、
大和　五八九メートル　速力二六ノット
長門　六三一メートル　速力二四ノット
艦の向きが百八十度変わったときの横距離、
大和　六四〇メートル　速力二六ノット
長門　五三一メートル　速力二四ノット
この場合、船体の最大傾斜は、
大和　九度
長門　一〇・五度

であった。

兵装

本艦最大の特色は、四六センチ砲を搭載《とうさい》したことで、このことはたびたび述べた。四六センチ砲と四〇センチ砲とは威力に格段の相違がある。量の多くを望めないわが国としては、質の優位をもってこれを補う必要があり、他国が四〇センチ砲を装備するならば、一歩先んじて四六センチ砲を採用し、他国がそれと気づいて対抗する艦を建造しても、完成には四、五年を要し、その間の優位を保つことができる。また四六センチ砲搭載艦は自然艦型が大きくなるから、アメリカとしてはパナマ運河通航上の制約を受けるなどを考慮し、軍縮条約廃棄後の第一艦に断然四六センチ砲の採用を決定した。

この四六センチ砲を何門、いかなる様式で搭載するかは慎重に研究検討された点であるが、射撃指揮上から九門ないし十門が望ましく、従って三連装砲塔三基の九門か、二連装砲塔二基、三連装砲塔二基の組み合わせ十門とするかの問題であった。また三個砲塔の場合、砲塔全部をイギリス戦艦「ネルソン」のごとく前部に集中配置するか、一個砲塔は後部に置くかの問題もあったが、結局、砲の射界、弾火薬庫の防護、位置、重量の配分、その他一般配置、製造上の難易、期間等を検討、三連装砲塔三基を採用することとし、前部に二基、後部に一基を置く四六センチ砲九門搭載に決定された。

四六センチ主砲にさらに威力を加えるものに九一式徹甲弾があった。主砲砲弾としてわが国独自の優秀砲弾で、かなりの大撃角で敵艦の甲鉄に衝撃しても楽にこれを貫徹して艦内で炸裂《さくれつ》し、近弾（目標の手前に落達した弾丸）の場合、水面平行に走り敵艦の水線下に命中する水中弾となる。

また水面に落達した場合、複被帽と称する中空の弾頭部がとれて、腔内《こうない》に入れた色素が昇騰する水柱に赤、青などの色をつけ、味方二艦以上でひとつの目標を射撃した場合、自他の弾着を容易に見分けることができる仕かけがしてあった。

さらにまた、尾部が船形に削って細くなっていたが、これは空気抵抗を少なくして弾速を著しく増加、射距離や撃速を大きくすることができた。四六センチ砲弾が水面に落ちてあげる水柱は、高さ百四、五十メートルにも達し、三万数千メートルの大遠距離射撃で一斉射九弾があげる水柱幕は数分間消えず、実に見事なものであった。

本艦の四六センチ砲の射程三万五、六千メートルの射撃で、九弾の一斉射の弾着点の遠近方向の差（遠近散布界という）は平均三百メートルであった。

前檣頂の十五メートル測距儀は、外見上ひとつの測距儀に見えたが、同一性能の十五メートル測距儀三本を合わせたもので、大基線で高位置にあるのと、前檣楼の動揺震動が少ないのとで大遠距離の測距操作が容易で精度もきわめて良く、三本の平均測距誤差は三百メートル程度であった。中距離にはいると、砲塔の十五メートル測距儀三台も測距可能となるから、その平均測距はほとんど誤差のないものだった。「陸奥」、「長門」級は十メートル測距儀であって震動も少なくなかったことに比べ、測距精度の向上は著しいものがあった。

主砲射撃指揮官の観測鏡に視認力の大きい十八センチ双眼望遠鏡を採用したので、測距儀と同じく前檣楼の安定性がよくなったのとあいまって、大遠距離の弾着観測をきわめて容易にした。

当時、わが国戦艦の主砲射撃方式は、すべて方位盤射撃主用であった。

前檣楼の頂上にある主砲射撃指揮所の照準装置で、方位盤射手が縦の照準、旋回手が水平の照準をすると、その操作がそのまま電気的に伝わり各砲塔内の射手、旋回手の前にある俯仰《ふぎょう》受信器と旋回受信器の元針を動かす。各砲の射手、旋回手が砲を操作して砲の俯仰、旋回を示す受信器内の追針を、元針に常に重なるように持って行くと、方位盤射手が引き金を引いた瞬間、発砲電路に電流が流れて火管を発火し装薬に点火爆発して弾丸が発射された。方位盤射撃を行なう限り、目標を見るのは方位盤射手と旋回手だけで、砲側の射手、旋回手は受信器の針を注視してハンドルを操作するだけで直接目標を見なくてよいことになる。

従来の方位盤射撃装置だと、前部砲塔と後部砲塔を分離して別目標に使用したような場合、これを再び統一して射撃をするには、危険防止上方位盤の元針の方向を一応調べなければならなかったが、本船の方位盤射撃装置では、いかなる方向、角度でも即座に合わせることができる構造になっており、操作が迅速容易になった。

主砲砲塔の動力（旋回、俯仰、揚弾、揚薬、装塡《そうてん》）に水圧を利用したことは従来の通りであったが、被害による損傷や故障に備えて各砲塔に一台あてのほかに予備一台の水圧機が置かれ、迅速に故障部分を分離して砲塔の操作に支障のないようになっていた。

弾丸の格納法も、給弾を迅速確実にするため特殊の方法がとられていた。すなわち、一砲につき百発の定数弾丸のうち約半数が砲塔の旋回部に置かれ、残りはその周囲の固定部に置かれた。弾丸は皆直立姿勢で、水圧力で横に移動させるようになっていた。この方式は弾丸の供給を迅速にすることができただけでなく、弾火薬庫内の配置の上からもきわめて有利であった。

四六センチ砲の最大射程における弾丸の飛行時間は約九十秒で、斉射間隔は四十秒前後であるから、四十秒間隔で続いて発砲した場合は、最初の斉射弾が弾着する時には、次とその次の斉射弾はすでに空中にあった。九一式徹甲弾一発の目方は約一トン半であったから一斉射九発で合計十三トン半の鉄塊が飛んで行く。測的精度が向上し、発令所にある射撃諸元算定装置の正確さ、照準発射の熟練などによって、大遠距離においても第一斉射弾で、目標を三百メートルの遠近散布界の中に入れ、そのうちの一弾または二弾を命中させることができた。四六センチ徹甲弾はいかなる厚さの甲鉄でも貫くから、その命中弾一発で、敵戦艦を撃沈することが可能であった。最大射程四万二千メートルというと、東京駅から大船までくらいになる。

主砲はまた、三式対空弾各砲三十発あてを搭載してあるので、対飛行機射撃が可能であった。射程約三万メートル、到達高度は約一万メートルであった。三式弾腔には約六千発の焼夷弾子《しょういだんし》が入れてあり、炸裂するとこの弾子が発火、長さ千メートル、直径四百メートルの円錐形《えんすいけい》に飛散して飛行機をその中に包み、時に一発で数機を撃墜することが可能であった。

本艦の副砲は、「最上」級巡洋艦の主砲だったもので、建造当時は、二個砲塔を艦の中心線に、各一個砲塔を両舷中部に置かれた。この配置法は艦の各方向に対して九門の射撃ができる巧みな方法であったが、対空兵装強化のため、のち両舷の二砲塔を撤去し、中心線上のもの二基となった。

この砲はきわめてすぐれたもので、最大射程二万七千メートルであるから東京駅に据えたら横浜までの射撃が可能であった。射撃速度毎分七発、一万五千メートルの射程で厚さ十センチの甲鉄を貫くことができた。

本艦の建造当時の対空兵装は、一二・七センチ連装高角砲六基十二門、二五ミリ三連装機銃八基二十四門、一三センチ連装機銃二基四門であったが、その後の対空戦闘の戦訓によってこれを強化するため、両舷の副砲塔を撤去して、一二・七センチ連装高角砲六基、二五センチ三連装機銃二十一基六十三門、二五ミリ単装機銃二十六門を増備した。

防　禦

敵艦に対して有効適切な攻撃を加えるためには、その間当然予期される敵の攻撃に対して自艦の浮力、復元力を保全し兵器人員の損傷をできるだけ少なくし、戦闘力を完全状態でなるべく長く保つことが肝要である。艦隊の根幹となる戦艦の場合は、防禦《ぼうぎょ》力の問題はとくに重要で、防禦力に配分し得る重量の範囲内でその配備に最善を尽くさなければならない。

攻撃力には、砲弾、爆弾、魚雷、水中弾などがあり、艦内の保護すべきものの重要程度に応じて直接防禦あるいは間接防禦をもって防禦する。

直接防禦法というのは、厚い甲鉄で重要部分を囲み、砲弾やその他の破壊物が内部に穿《せん》入《にゅう》するのを防ぐ方法で、間接防禦は、艦内を多くの防水区画に分割し、これによって被害を受けた場合の浸水範囲をできるだけ局限して艦の浮力、復元力を維持する方法である。

第一、直接防禦

次のような場所は最も重要な個所であるからこれらを防禦区画内にまとめ、防禦区画内に集められない舵取機室、司令塔、砲塔などは、それぞれの位置で甲鉄で囲み、別の区画として防禦を施してあった。

各種砲の弾火薬庫

機械室、罐室

発令所、通信室の一部、注排水指揮室

発電機室、水圧機室、変圧機室等

防禦区画は、敵の砲爆弾などに対し、なるべく小さい方が命中の機会が少なくなるから有利である。本艦の場合、主要防禦部と艦の水面部との長さの比較は次の通りで、「長門」に比べずっと小さいものになっていた。

大和　五三・五

長門　六三・一五

なお防禦にあてられた重量と、艦の全重量（常備状態）との比較は次の通りで、本艦は〝防禦力〟の増加に一段の考慮が払われたことがわかる。

大和　三四・四（新造当時）

長門　三〇・六（新造当時）

本艦の防禦区画の甲鉄板の厚さは、本艦と同じ四五口径四六センチ砲で、射距離二万メートルないし三万メートルで貫けないことを標準として定めてあった。従って当時各国の戦艦が装備していた四〇センチ砲弾では、到底貫けない。言いかえれば、「大和」の防禦区画を破壊することはできなかったわけである。

防御区画の舷側《げんそく》甲鉄の装備法には、一層式を採用してあった。一層式は、「陸奥」以前のわが戦艦が行なっていた二層式に比べ、実験上有利であることがわかったからである。

水中で爆発する魚雷、機雷に対し、舷側甲鉄の下部船体内部にさらに水線下甲鉄を装備し、なお水中性能の良いわが九一式徹甲弾の出現から考えて、水中弾防御に関し、十分の考慮が払われてあった。

艦底で爆発する魚雷、あるいは機雷の防御のため、弾火薬庫の底部はとくに、五センチないし八センチの甲鉄が張られた。

防御区画以外の甲板の対空防御として、三センチないし五センチの甲鉄が装着された。五センチの甲鉄板は二百キロの急降下爆弾を防ぐことができた。

なお防御区画の甲板の二十センチ甲鉄板は、高度三千四百メートル以下で投下される水平爆撃機の千キロ徹甲爆弾に耐えられた。

煙路あるいは通風路として開いている甲鉄甲板の開口部を、遠距離から発射される大落角弾、飛行機の投下する爆弾に対して保護するため、〝蜂《はち》の巣甲鉄〟と称する特殊構成の甲鉄が採用されてあった。

蜂の巣甲鉄とは、甲鉄板に直径十八センチの孔《あな》を、無孔部分との面積比を五五％にあけた甲鉄板で、強度を増すために、甲鉄の厚さは三十八センチにしてあった。この蜂の巣甲鉄の採用は本艦の一大特色といえよう。このほか耐弾効力や製造法の簡単な点で、著しい特徴を持った日本海軍発明の優秀な新甲鉄が使われていた。

第二、間接防禦

防禦区画以外の艦内を、できるだけ多くの防水区画に仕切り、損傷を受けた場合、浸水の範囲を局限して艦の浮力や安定性を保ち、同時に艦の機能を維持することを図る。

各艦防禦甲板以外の防禦区画の数を比較すると次の通りであった。

大和　一、〇六五
長門　八六五
山城　五七四

艦の水上部分で水防になった個所が水中にはいったときはそれだけの浮力を生ずるわけである。この浮力を予備浮力といい、それに相当する重量までは、艦内に損傷で浸水してもまだ浮かんでいられることになる。

各艦の有する予備浮力と排水量に対する割り合いは次の通りであった。（排水量×予備浮力×比率）

大和　六五、二〇〇×五七、四五〇×八〇・〇
長門　四三、三八三×二九、二九二×六七・六

扶桑　三八、五八四×二一、三〇〇×五五・二

第三、注排水装置

注排水装置は、艦の水中部分に損傷を受けて浸水し、船体が縦や横に傾斜した場合、この傾斜を立てなおして戦闘能力の発揮を継続させると同時に、復元力を保持するために設けられたもので、ことさらに艦内に注水したり、排水したりする装置である。

いつでも艦を水平近く保持することは艦の安定上大切なことであるから、主力船では片舷に損傷を受け浸水して傾いたら、ただちに反対舷に注水してこの傾斜を修正する。しかし、傾斜を修正するために反対舷に注水すると、艦の浸水量は、損傷による浸水量の大体二倍となり、大切な浮力をさらに減少することになるので、状況によってはすでに注水した水を排水することもできるように設備された。

「大和」の場合、急速に傾斜を修正するため注水する急速注排水区画と、復元用注水を行なう通常注水区画に区分してあったが、この両注水による傾斜修正量十三・八度のほかに、艦に搭載した重油の移動によって約四・五度の傾斜修正ができることになっていた。

従って、被害浸水によって起こる最大横傾斜を二十五度と想定すると、傾斜修正装置による修正量十八・三度を引くと、残りの傾斜は六・七度となる。いま戦闘継続に差しつかえない横傾斜を四度とすると、六・七度と四度との差二・七度が別の方法で修正を要する

傾斜量であって、このような極端な状況の場合には、反対舷の罐室や機械室に注水すればよいという考え方である。

本艦の横傾斜修正用注水量は左の通りであった。（注水量×片舷区画数×修正量）

大和　三、八二三トン×一〇三×一三・八度

長門　三、四七〇トン×　九六×二五・〇度

急速注排水区画の注水は、注排水弁からの自然注水で、排水は同弁から圧搾空気によって行なわれた。排水所要時間は三十分以内であった。通常注水区画の注排水は、ともに艦内装備の百トンビルジポンプ十台によって行なわれた。

重油を移動して傾斜復元およびトリムの修正をするための動力として、百トン重油移動ポンプ二十台が装備してあった。

注排水の指揮管制は、注排水指揮盤を備えた注排水指揮室が防禦区画内に設けられ、そこで行なわれた。またその下に、艦内を四区分して分担する区画の、注排水管制に必要な管制盤を備えた注排水管制室が設けられていた。弾火薬庫の注水は、各庫ごとに設けられた注水弁によって行なわれ、満水所要秒時は十五分以内だった。

第四、毒ガス防禦

艦内の区画には、その広狭、構造、使用上の重要度に応じて、気密、濾過《ろか》通風、炭酸ガ

ス吸収、酸素放出等の施設を置いて外気と遮断し、毒ガスの重要区画への浸入を防ぐようになっていた。また毒ガスが艦内に浸入した場合、すみやかに艦外に排除するために、艦内の要所に大型の排気通風機が備えてあった。艦内通信装置のひとつである伝声管は、中に雲母板の仕切りがあり、毒ガスの浸入に備えてあった。

〝不沈戦艦〟と信じられていた「大和」が、また「武蔵」が沈んだ。これについていろいろの批判があろうが、福井静夫元技術少佐が、著書「日本の軍艦」で述べている一文を引用して、建艦の話のしめくくりにしたい。

「本艦は、第一次大戦の結果として主力艦防禦《ぼうぎょ》方式の定則となった、いわゆる集中防禦主義を、最も端的に具現した艦である。爆弾防禦として、主要部以外にもある程度甲鈑《こうはん》防禦が設けられたが、所詮《しょせん》敵戦艦との砲戦を最大の目的とした艦であり、著しく発達しつつある航空機の威力を十分に予見し得なかったうらみは確実にある。すなわち、近代の対空戦によって満身創痍《そうい》となる場合については、その考慮が十分だったとはいいがたい。結果からいえば、敵弾に対する防禦をもっと軽くしても、航空機による魚雷と爆弾に対する防禦力を強化すべきであった。とくに主要部以外の艦の前後部に対する魚雷、至近弾防禦及び区画の細分に対してしかりである。本艦設計当時の航空機の威力軽視は、その対空兵装が貧弱であり、一方には依然として高角砲でない副砲を搭載《とうさい》していたことにも現われている。米英の新戦艦が副砲を廃止し、すべて高角砲のみとしたことを考えると、明らかに着眼の遅れがあった。しかし本艦は、当時の用兵者の思想に対しては、きわめて慎重かつ確実に設計されたというべく、昭和十二―十六年当時のわが国工業技術の最高標準を示すものであったことを疑う者はあるまい」

*　*　*

戦艦「大和」データ

起　工　昭和12年11月4日
進　水　昭和15年8月8日
完　成　昭和16年12月16日

主要要目

艦の長さ
重線間　244メートル
全　長　263メートル

吃水線 256メートル
艦の幅
最大幅 38・9メートル
吃水線 36・9メートル
吃水（公試状態）
前部 10・4メートル
後部 10・4メートル
平均 10・4メートル
深さ（キールラインより最上甲板側線まで） 18・915メートル
乾舷
前部 10・000メートル
中央 8・667メートル
後部 6・400メートル
排水量
公試状態 69100トン
満載状態 72809トン

平均吃水　10・86メートル

速　力

公試全力　27・46ノット

過負荷全力　27・68ノット

航続距離

27ノット　3500カイリ

19ノット　7200カイリ

16ノット　10000カイリ

主機械タービン　4基

軸馬力

前　進　150000馬力

後　進　45000馬力

推進器数　4個

推進器直径　6メートル

毎分回転数　225

重油専焼罐　12基

蒸気圧力　25キログラム／平方センチ
蒸気温度　摂氏325度
重油満載量　5300トン
発電機
　ディーゼル型　4基
　ターボ型　4基
発電力　4800キロワット

兵装主要要目

主　砲
　45口径46センチ　3連装砲塔3基　9門
弾丸重量　1460キロ
弾丸長さ　1・9535メートル
装薬量　6嚢　330キログラム
最大俯仰角　（+）45度
（−）5度

初　速　毎秒　780メートル
発射速度　40秒
最大射程　41400メートル
砲身間隔　3・05メートル
砲身重量　160トン
砲塔重量　2774トン
輥輪盤直径　12・274メートル
甲鉄厚
前　楯　65センチ
天　井　27センチ
側　壁　25センチ
後　壁　19センチ
副　砲
55口径　15・5センチ
3連装砲塔　4基　12門
高角砲

40口径　12・7センチ
連装高角砲　6基　12門
機　銃
25ミリ　3連装機銃8基　24門
13ミリ　連装機銃2基　4門

右記の砲銃は完成時のもので、昭和19年11月呉海軍工廠ドックに入渠したさい、両舷の副砲を撤去して対空砲火を強化、左記のような兵装となった。

副　砲
15・5センチ　3連装砲塔2基　6門
高角砲
12・7センチ　連装高角砲12基　24門
機　銃
25ミリ　3連装機銃29基　87門
25ミリ　単装機銃26基　26門
13ミリ　単装機銃2基　4門

飛行機
水上偵察機および観測機　6機
射出機　2基
電波探知機
21号　1組
22号（水上見張り用）　2組
13号（対空見張り用）　2組
水中聴音器　1組
探信儀　1組
測距儀
15メートル　測距儀（前檣楼）　1基
15メートル　測距儀（主砲各砲塔）　3基
10メートル　測距儀（後部主砲指揮所）　1基
8メートル　測距儀（副砲砲塔）　2基
探照灯
150センチ探照灯　6台

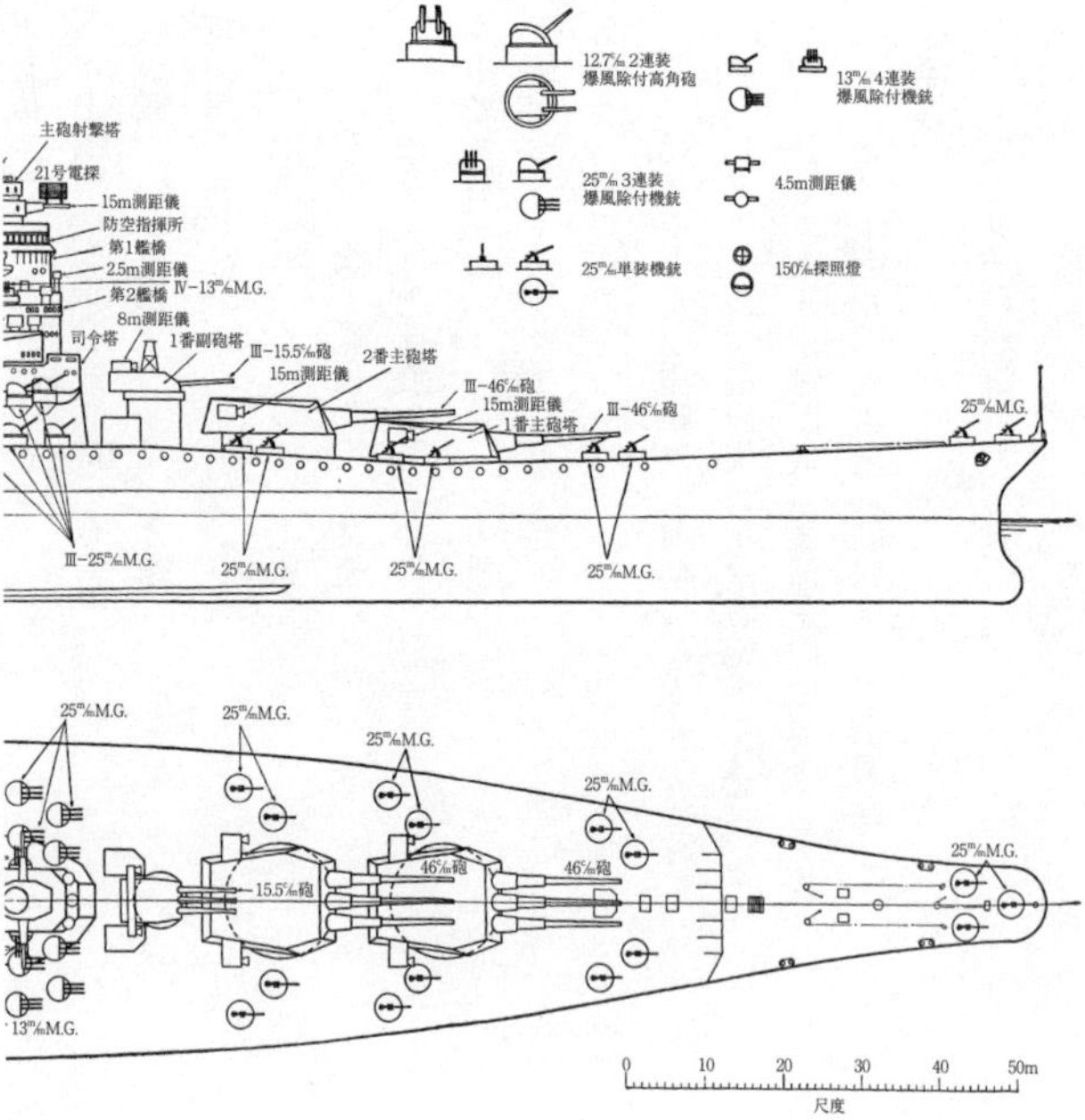
12.7%2連装
爆風除付高角砲
13%4連装
爆風除付機銃
25%3連装
爆風除付機銃
4.5m測距儀
25%単装機銃
150%探照燈
主砲射撃塔
21号電探
15m測距儀
防空指揮所
第1艦橋
2.5m測距儀
第2艦橋
Ⅳ-13%M.G.
8m測距儀
司令塔
1番副砲塔
Ⅲ-15.5%砲
15m測距儀
2番主砲塔
Ⅲ-46%砲
15m測距儀
1番主砲塔
Ⅲ-46%砲
25%M.G.
Ⅲ-25%M.G.
25%M.G.
25%M.G.
25%M.G.
25%M.G.
25%M.G.
25%M.G.
25%M.G.
25%M.G.
15.5%砲
46%砲
46%砲
13%M.G.
0
10
20
30
40
50m
尺度

対空兵器強化後の「大和」兵装

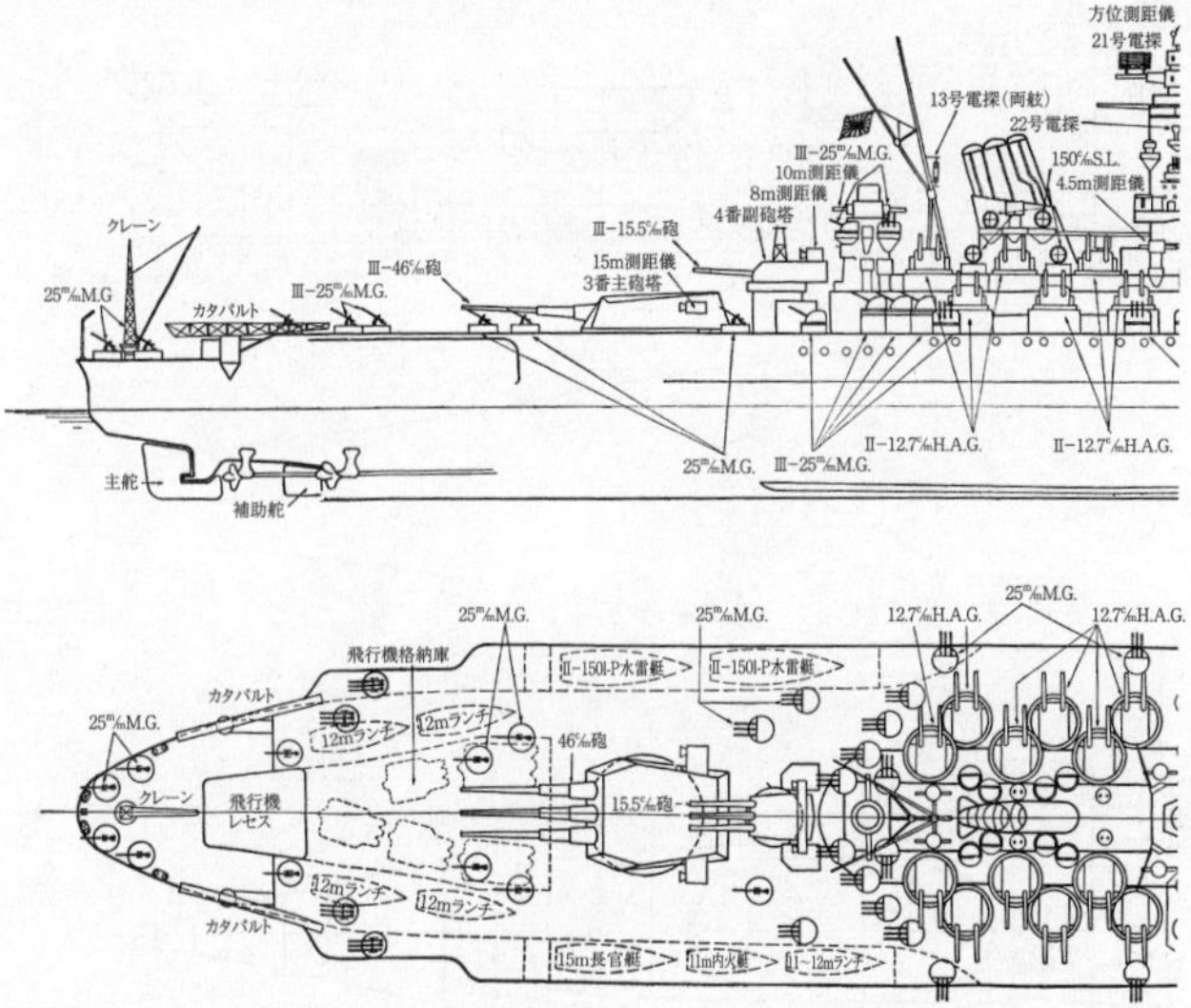

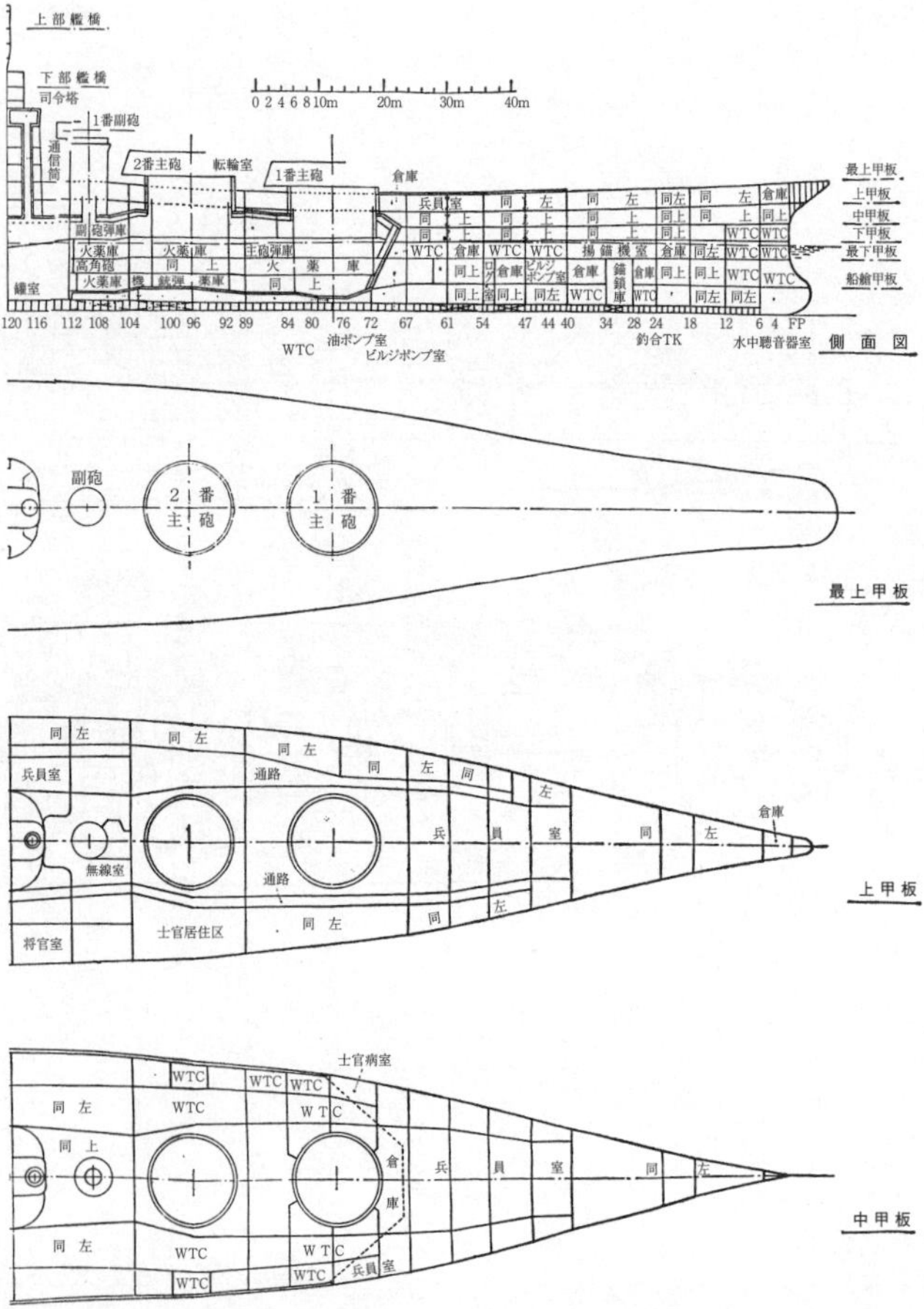
上部艦橋
下部艦橋
司令塔
1番副砲
通信筒
2番主砲
転輪室
1番主砲
倉庫
0 2 4 6 8 10m 20m 30m 40m
兵員室
同左
副砲弾庫
火薬庫
高角砲
火薬庫
機銃弾
薬庫
主砲弾庫
火薬庫
同上
WTC
揚錨機室
ビルジポンプ室
錨鎖庫
鑵室
120 116 112 108 104 100 96 92 89 84 80 76 72 67 61 54 47 44 40 34 28 24 18 12 6 4 FP
油ポンプ室
釣合TK
水中聴音器室
最上甲板
上甲板
中甲板
下甲板
最下甲板
船艙甲板
側面図
副砲
2番主砲
1番主砲
最上甲板
兵員室
通路
無線室
将官室
士官居住区
兵員室
同左
倉庫
上甲板
士官病室
WTC
同左
同上
倉庫
兵員室
中甲板

戦艦「大和」一般配置図①

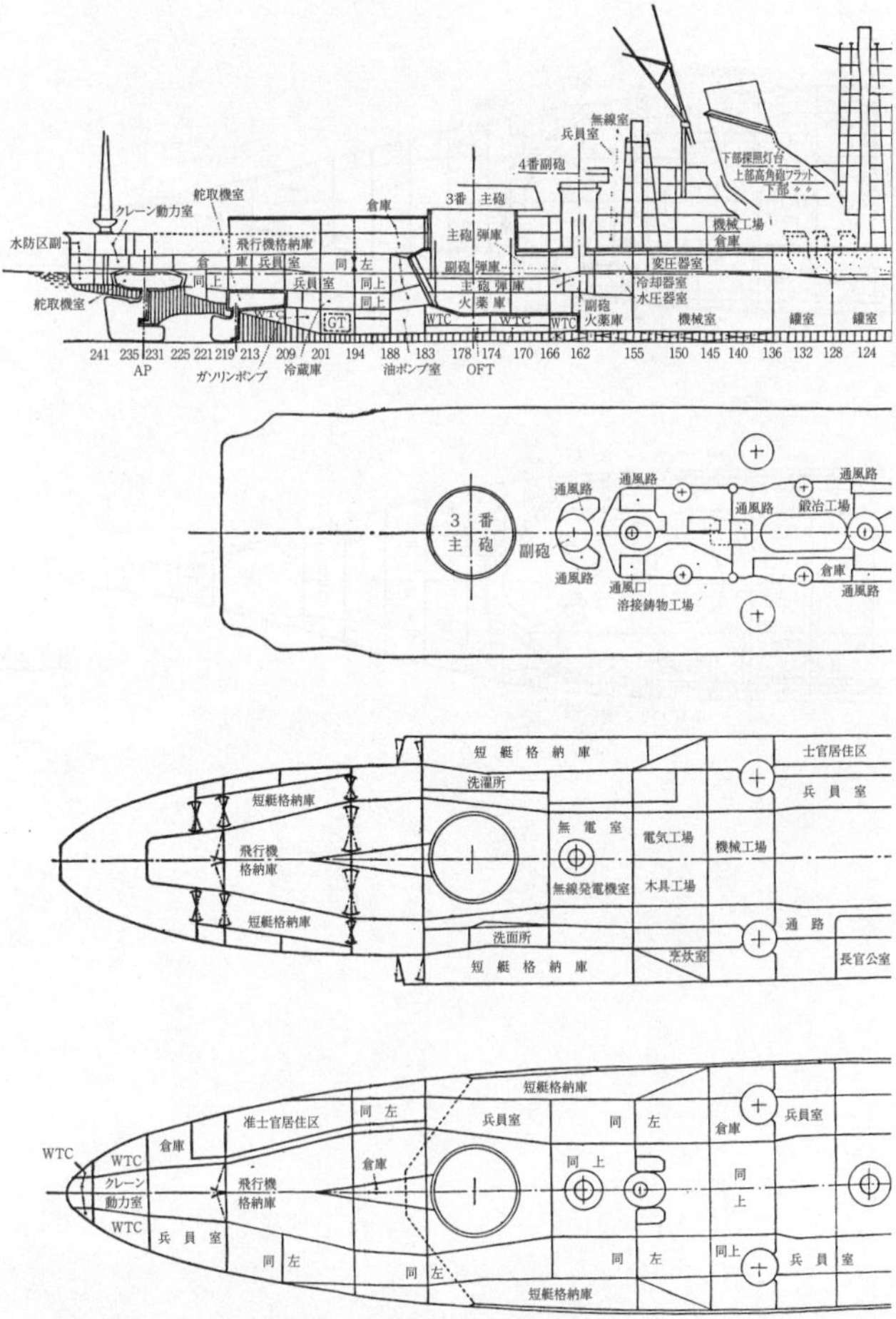
無線室
兵員室
4番副砲
3番　主砲
倉庫
舵取機室
クレーン動力室
水防区副
飛行機格納庫
倉
庫
兵員室
同
左
同上
兵員室
同上
同上
主砲弾庫
副砲弾庫
主砲弾庫
火薬庫
副砲
火薬庫
下部探照灯台
上部高角砲フラット
下部〃〃
機械工場
倉庫
変圧器室
冷却器室
水圧器室
機械室
罐室
罐室
舵取機室
WTC
GT
WTC
WTC
WTC
241
235
231
225
221
219
213
209
201
194
188
183
178
174
170
166
162
155
150
145
140
136
132
128
124
AP
ガソリンポンプ
冷蔵庫
油ポンプ室
OFT
3
番
主
砲
副砲
通風路
通風路
通風路
通風路
鍛冶工場
通風路
通風口
溶接鋳物工場
倉庫
通風路
短艇格納庫
洗濯所
短艇格納庫
飛行機
格納庫
無電室
無線発電機室
電気工場
木具工場
機械工場
士官居住区
兵員室
通路
長官公室
短艇格納庫
洗面所
短艇格納庫
烹炊室
短艇格納庫
短艇格納庫
准士官居住区
同左
兵員室
同
左
倉庫
兵員室
WTC
WTC
クレーン
動力室
WTC
倉庫
飛行機
格納庫
倉庫
同上
同
上
兵員室
同左
同左
同
左
同上
兵員室
短艇格納庫

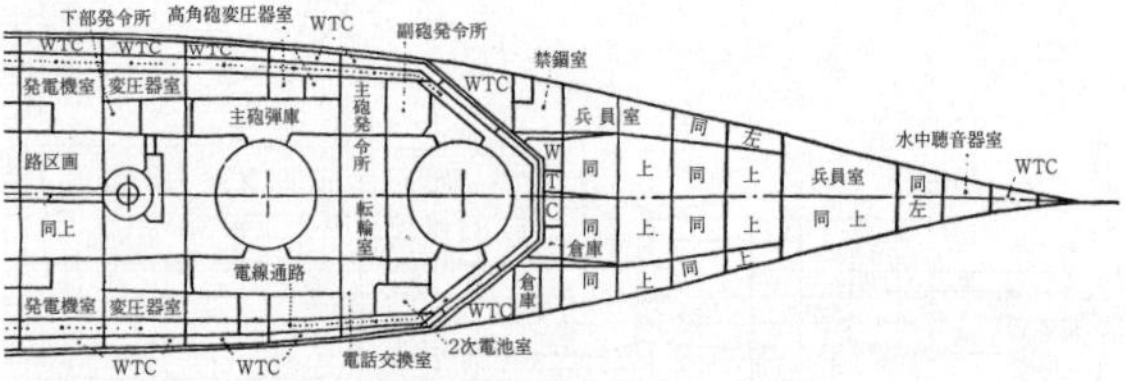
下部発令所
高角砲変圧器室
WTC
副砲発令所
禁錮室
発電機室
変圧器室
主砲弾庫
主砲発令所
兵員室
同左
路区画
同上
転輪室
水中聴音器室
電線通路
倉庫
2次電池室
電話交換室

下甲板

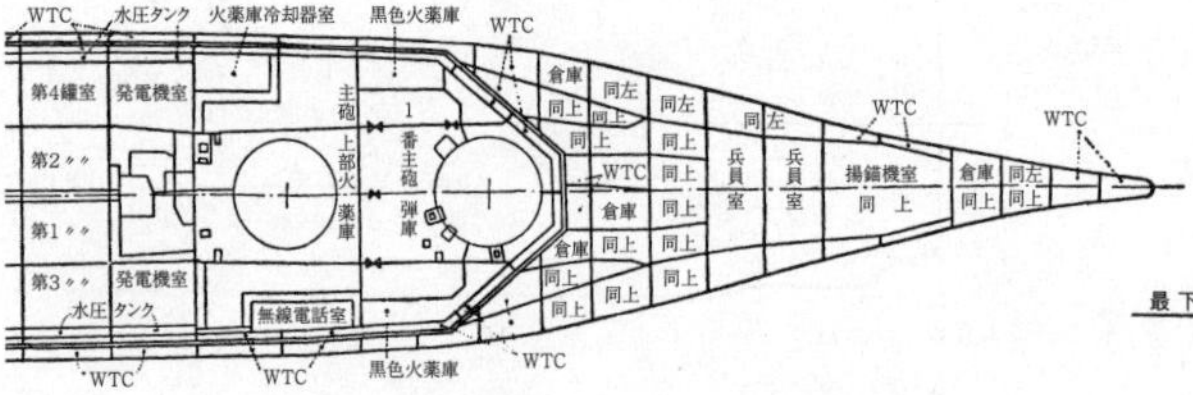
WTC
水圧タンク
火薬庫冷却器室
黒色火薬庫
第4罐室
発電機室
第2〃〃
第1〃〃
第3〃〃
主砲上部火薬庫
1番主砲弾庫
倉庫
同左
同上
兵員室
揚錨機室
無線電話室

最下甲板

戦艦「大和」一般配置図②

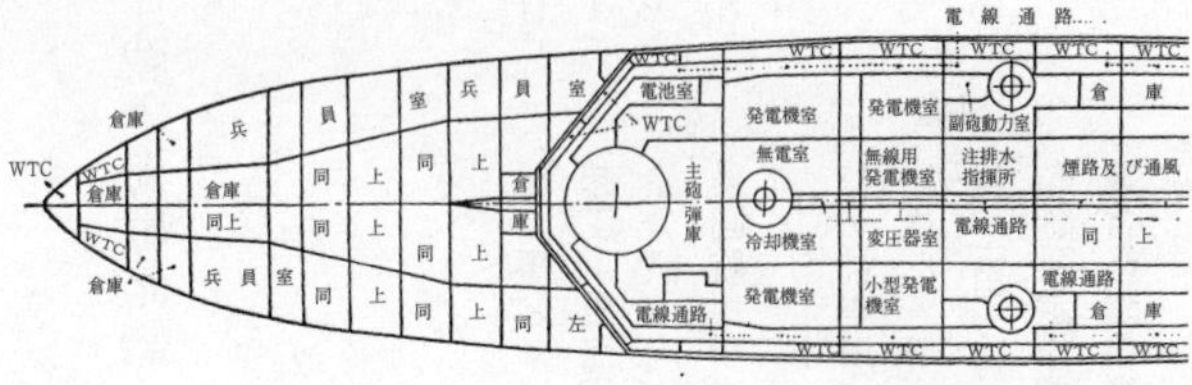
電線通路….
WTC
倉庫
兵
員
室
兵
員
室
電池室
発電機室
発電機室
副砲動力室
倉
庫
WTC
倉庫
倉庫
同上
同
上
同
上
倉
庫
主
砲
弾
庫
無電室
無線用
発電機室
注排水
指揮所
煙路及び通風
冷却機室
変圧器室
電線通路
同
上
倉庫
兵
員
室
同
上
同
上
同
左
電線通路
発電機室
小型発電
機室
電線通路
倉
庫

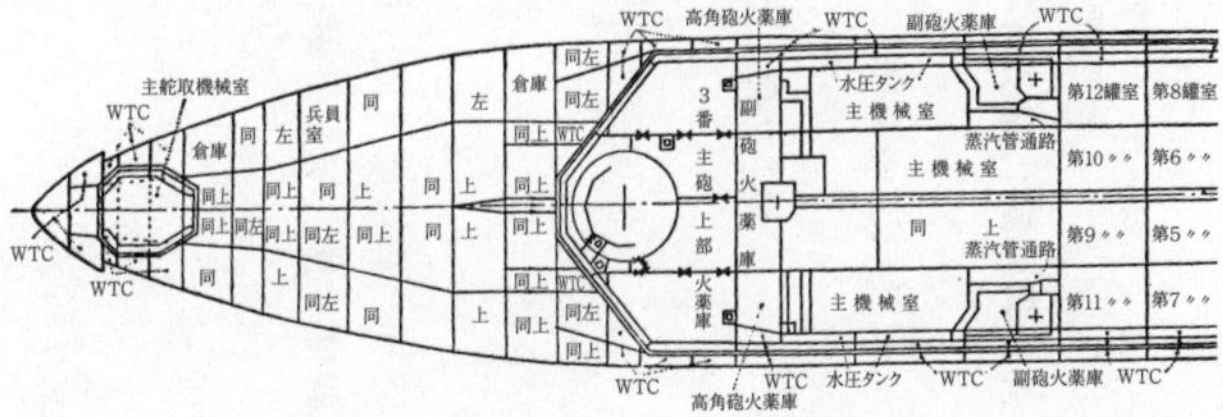
WTC
高角砲火薬庫
WTC
副砲火薬庫
WTC
主舵取機械室
WTC
倉庫
同
左
兵員
室
同
左
倉庫
同左
同左
同上
3
番
主
砲
上
部
火
薬
庫
副
砲
火
薬
庫
水圧タンク
主機械室
第12罐室
第8罐室
蒸汽管通路
主機械室
第10〃〃
第6〃〃
同上
同上
同上
同左
同上
同左
同上
同左
同上
同
上
同
上
同上
同
上
蒸汽管通路
第9〃〃
第5〃〃
同
上
同左
同
上
同上
同左
同上
同上
主機械室
第11〃〃
第7〃〃
WTC
WTC
WTC
高角砲火薬庫
水圧タンク
WTC
副砲火薬庫
WTC

太平洋戦争海戦年譜

太字は大和関係記事　戦＝戦艦・重巡＝重巡洋艦・巡＝巡洋艦・空母＝航空母艦・駆＝駆逐艦、その下の数字は隻数

年・月・日	記　事
12・11・4	**起工、呉海軍工廠（造船船渠《せんきょ》）。**
16・11・29	諸公試（内海西部）。
12・8	**呉回航。**ハワイ空襲、日米開戦。
12・10	マレー沖海戦。 わが航空隊、英国東洋艦隊を捕捉攻撃、英戦艦プリンス・オブ・ウェールズ、レパルス撃沈。
12・16	**竣工《しゅんこう》引き渡し、軍艦旗掲揚、連合艦隊第一戦隊（主力部隊）編入。柱島回航。** **艦隊所定作業、出動諸訓練。**
17・2・12	**連合艦隊旗艦となる。**

2・15　シンガポール陥落。

2・19　バリ島沖海戦。
避退するわがバリ島占領部隊を、連合軍海軍部隊（巡三、駆逐隊）が攻撃。オランダ駆一沈没、オランダ巡二、米国駆一損傷。日本駆一損傷。

2・27　スラバヤ沖海戦。
ジャワ攻略部隊船団護衛中のわが部隊と連合軍海軍部隊（巡五、駆一一）と交戦。オランダ巡一、英国巡二、オランダ駆一沈没。米国巡一、英国巡一損傷。

17・3・1　バタビア沖海戦。
スラバヤ沖海戦後、スンダ海峡に向かいつつある連合軍艦艇を、わが水上部隊が攻撃。米国巡一、豪州巡一、オランダ駆一沈没。わが輸送船四喪失。

4・18　米空母ホーネット搭載《とうさい》の米陸軍機一六機、東京、横須賀、横浜、名古屋、神戸空襲。

5・4〜8　珊瑚海海戦。
わがポートモレスビー攻略部隊の進撃を阻止せんとする連合軍部隊（攻撃隊、巡五、駆五、支援隊、巡三、駆二、空母隊、空母二、駆四、給油隊）とわが部隊（指揮官井上成美海軍中将、攻略支援部隊、重巡四、空母一、駆一、攻略部隊、巡三、水上機母艦一、特設砲艦三、敷設艦二、駆八、機動部隊、空母二、重巡二、駆四その他）と交戦。米空母レキシントン沈没、空母ヨークタウン損傷。わが空母祥鳳沈没。この戦闘は彼我の軍艦が砲火を交えず戦った近代戦の最初のもので、被害はすべて空母機によるものである。

17・5・29　**ミッドウェー作戦のため柱島出撃。**

5・31　わが特殊潜航艇三隻、豪州シドニー港襲撃。

6・4〜6　**ミッドウェー海戦参加。**

ミッドウェー島を攻略せんとするわが部隊（指揮官山本五十六海軍大将、機動部隊、空母四、戦二、重巡二、巡一、駆一二、油送船八、攻略部隊、空母一、戦二、重巡八、水上機母艦二、巡二、駆二一、工作艦一、測量艦一、哨戒《しょうかい》艇四、特設掃海艇四、輸送船一五、油送船一、海軍特別陸戦隊、陸軍部隊その他、主力部隊、戦七、空母一、巡三、潜水母艦二、駆二〇、油送船五、先遣部隊、巡一、潜一三、潜水母艦二）とこれを迎撃阻止せんとする米部隊（空母三、重巡七、巡一、駆一七、給油船二、潜水艦一九）との交戦。米空母ヨークタウン沈没。わが空母赤城、加賀、蒼竜、飛竜、重巡三隈沈没。この海戦により、空母四隻を完全に喪失した上に有能なる空母機操縦員の大部を失い、海戦史上最も決定的な戦いのひとつとなった。

6・14　**柱島帰投。**

8・4　戦艦武蔵就役、第一艦隊第一戦隊編入。

8・7　米海兵隊フロリダ、ツラギ、ガブツ、タナムボゴ、ガダルカナルに上陸。（今次対日戦における米軍の最初の攻勢上陸）

17・8・9　第一次ソロモン海戦。
わが部隊（指揮官三川軍一海軍中将、巡七、駆一）が、サボ島西方にて連合軍艦船を急撃。米巡四撃沈、巡一、駆二損傷。

8・17　**ソロモン方面作戦（ガ島作戦支援）のため柱島出撃。**

8・24〜25　第二次ソロモン海戦。
わが軍のソロモン諸島奪回企図を阻止せんとする米空母部隊とわが部隊の交戦。わが空母竜驤沈没、水上機母艦千歳損傷。米空母エンタープライズ損傷。

8・28　**トラック島着、警戒碇泊《ていはく》、訓練、整備作業。**

10・12　サボ島沖夜戦。
米軍水上部隊（重巡二、巡二、駆五）がわがガダルカナル島砲撃部隊（指揮官五藤存知海軍少将、重巡三、駆二）を攻撃。古鷹沈没、五藤司令官戦死。米海軍初めての電探射撃。

10・26　南太平洋海戦。
米空母機動部隊（空母二、戦一、重巡三、防空巡三、駆一三）とわがガダルカナル支援部隊（指揮官近藤信竹海軍中将、前進部隊、重巡四、巡一、駆六、挺身攻撃隊、戦二、堅六、機動部隊、空母四、警戒隊、戦二、重巡四、巡一、駆七その他）と交戦。米空母一沈没、戦一、空母二、巡一、駆三損傷。この海戦によりわが軍のガダルカナルへの緊急救援行動は阻止され、ヘンダースン飛行場争奪戦も、わが軍の総攻撃を撃退されて終わる。

17・11・12　第三次ソロモン海戦。
ルンガ地区（ガダルカナル）にて軍隊揚陸中の米輸送艦群を、わが航空部隊が攻撃。米重巡一損傷。

11・13　ヘンダースン飛行場砲撃のため進撃中のわが挺身攻撃隊（指揮官阿部弘毅海軍中将、戦二、巡一、駆一六）を米上陸支援部隊が反撃。戦艦比叡、駆二沈没、駆四損傷。米巡二、駆四沈没、重巡二、巡一、駆三損傷。

11・14　夜間砲撃に従事中のわが部隊（重巡四、巡二、駆四）を米魚雷艇群、航空部隊が攻撃。重巡衣笠、輸送船七沈没、重巡二、巡一損傷。

11・15　米水上部隊（戦二、駆四）とわが部隊（戦一、重巡二、巡二、駆九）と夜間交戦。戦艦霧島、駆一沈没。米駆一沈没、戦一、駆一損傷。

11・30　ルンガ沖夜戦。
わが水上部隊（指揮官田中頼三海軍少将、駆八）と米部隊（重巡四、巡一、駆六）と交戦。わが駆一沈没。米重巡一沈没、重巡三大破。

18・1・29　レンネル島沖海戦。
軍隊輸送船の行動を掩護《えんご》中の米水上部隊をわが航空部隊が攻撃。米重巡一沈没、

18・2・1　駆一損傷。
2・1　イサベル島沖海戦。
ガダルカナルより軍隊撤収中のわが駆逐艦部隊（駆二〇）を米航空部隊、魚雷艇群が攻撃。わが駆一沈没。
2・8　ガダルカナルよりのわが軍撤収終わる（二月一日第一次、四日第二次、七日第三次、合計一一、七〇六名）。
2・11　**旗艦を武蔵に変更。**
3・2　ビスマルク海海戦。
ニューギニアのラエに向かうわが輸送船団（駆八、輸八）を米陸軍機、オーストラリア機が攻撃。わが駆四、輸送船八沈没。
3・26　アッツ沖海戦。
アッツに増援隊を護衛中のわが部隊（重巡二、巡二、駆四、輸送船四）と米水上部隊（重巡一、巡一、駆四）との交戦。米重巡一、駆一損傷。
4・1　連合艦隊司令部ラバウルに進出。
4・18　連合艦隊司令長官山本五十六海軍大将戦死。
4・21　古賀峯一海軍大将、連合艦隊司令長官に就任。
5・8　内海西部に向けトラック島発。
5・11　米陸軍部隊アッツに上陸。

5・13 柱島着。
5・14 柱島発、呉着。
5・21 入渠。
18・5・30 出渠。警戒碇泊、修理整備作業。アッツ陥落、わが守備隊玉砕。
6・8 戦艦陸奥、広島湾にて火薬庫爆発自沈。
6・16 ルンガ沖航空戦。わが航空隊一二〇機、ガダルカナル付近所在の米輸送船群を攻撃、米航空部隊一〇〇機と交戦、大損害を受く。
6・27 **連合艦隊主隊となる。**
7・6 クラ湾夜戦。ソロモン諸島コロンバンガラに軍隊、軍需品を輸送中のわが駆逐艦一〇隻と米水上部隊（巡三、駆四）と交戦。わが駆二沈没、駆四損傷。米巡一沈没。
7・12 入渠。
7・13 コロンバンガラ島沖夜戦。輸送駆逐艦群を護衛中のわが部隊（巡一、駆五）と連合軍部隊（巡三、駆一〇）と交戦。わが巡一沈没。米駆一沈没、米巡二、ニュージーランド巡一、米駆二損傷。
7・17 出渠。

7・28　わが軍キスカ放棄撤退。
8・6　ベラ湾海戦。
コロンバンガラに軍隊、補給品輸送中のわが駆逐艦四と米駆逐艦六と交戦。わが駆三沈没。
8・15　戦艦部隊となる。全作戦支援、邀撃《ようげき》待機。
18・8・16　呉発、平郡島沖着。
8・17　トラック島に向け平郡島沖発。
8・18　第一次ベラ・ラベラ海戦。
上陸用舟艇を護衛行動中のわが駆逐艦四と米駆逐艦四と交戦。わが駆一損傷。
8・23　トラック島着。警戒碇泊、訓練、整備作業。
8・27　連合艦隊主隊となる。
10・6　第二次ベラ・ラベラ海戦。
守備隊撤収中のわが駆逐艦九を米駆逐艦三が阻止反撃。わが駆一沈没。米駆一沈没。
10・17　ブラウンに向け出撃。
10・19　ブラウン着。
10・23　ブラウン発。
10・26　トラック島着、警戒碇泊、訓練、整備作業。

11・2　ブーゲンビル島海戦。ブーゲンビル所在の輸送船群を攻撃のため進撃中のわが部隊（指揮官大森仙太郎海軍少将、重巡二、巡二、駆六）を米部隊（巡四、駆八）が阻止交戦。わが巡一、駆一沈没、重巡二、駆一損傷。米巡二、駆二損傷。

11・5　米空母機動群（空母二、防巡二、駆一〇）、ラバウル在泊中のわが艦隊（入泊直後の第二艦隊主力、重巡八、巡二、駆八）を爆撃。重巡四、巡二、駆二損傷。

11・20　米海軍、陸軍部隊、タラワ、マキンに上陸。わが海軍陸戦隊（指揮官柴崎恵次海軍少将、三、〇〇〇名）全員玉砕。

18・11・25　セント・ジョージ岬海戦。米部隊（駆五）がわが駆逐艦群（駆五）を奇襲。わが駆三沈没、駆一損傷。

12・12　横須賀に向けトラック島発。

12・17　横須賀着、諸物件搭載（戊一号輸送）。

12・20　トラック島に向け横須賀発。

12・25　トラック島付近にて米潜水艦の雷撃を受く（命中位置、主砲第三砲塔右舷《げん》。浸水若干ありしも損害軽微）。トラック島着。

19・1・10　呉に向けトラック島発。連合艦隊主力、トラックよりパラオ方面に後退。

1・16　呉着、損所修理。
1・28　入渠。
2・3　出渠。
2・17〜18　米機動部隊（空母九、戦六基幹）トラック島諸施設、在泊艦船急襲。わが沈没艦船四二隻二三三、〇〇〇トン。
2・25　第二艦隊第一戦隊第一小隊編入、入渠。
3・18　出渠。
3・30　米高速空母部隊（空母一一、戦五、巡一一基幹）パラオ、ウルシー、ヤップ所在のわが飛行場、船舶、補給施設を爆撃。わが沈没艦船四〇隻一一一、五〇〇トン。
19・4・1　古賀連合艦隊司令長官殉職。
4・11　諸公試のため伊予灘に向け呉発、室積着。
4・12　室積発、柱島着。
4・21　マニラに向け呉発。全作戦支援、敵兵力撃破。
4・26　マニラ着、輸送物件揚陸。
　　リンガ泊地に向けマニラ発。
4・29　米高速空母部隊、トラックのわが船舶、燃料兵器貯蔵所、航空施設を爆撃。
5・1　リンガ泊地着。訓練、整備作業。

5・3　豊田副武海軍大将、連合艦隊司令長官に就任。あ号作戦発令。
5・11　タウイタウイに向けリンガ泊地発。
5・14　タウイタウイ着、訓練。
5・31　渾作戦発令。
6・10　タウイタウイ出撃（ビアク島砲撃）。
6・12　バチヤン島着。
6・13　バチヤン島出撃。
あ号作戦決戦用意下令。
6・15　米海兵隊、サイパン上陸。
あ号作戦決戦発動。
6・16　機動部隊と合同。
マリアナ沖海戦参加。
6・19〜20　マリアナ沖海戦。
米第五艦隊（空母七、戦七、重巡三、巡六、空巡四、駆五八）とわが第一機動艦隊（空母九、戦五、重巡一一、巡二、駆三二、潜水艦一五、輸送船六）と交戦。空母翔鶴、大鳳、飛鷹沈没、空母瑞鶴、隼鷹、竜鳳、千代田、戦艦榛名、重巡摩耶損傷、空母機三九五（九二パーセント）、水上機三一（七二パーセント）喪失。

19・6・22　中城湾（沖縄）着。
6・23　中城湾発。
6・24　柱島着。
7・9　柱島出撃、陸軍一〇六連隊輸送。
サイパン陥落。
7・16　リンガ泊地着、訓練。
7・21　米海兵隊、陸軍部隊グアム島に上陸。
7・24　米海兵隊、テニアンに上陸。
8・1　テニアン陥落。
8・10　グアム島陥落。
9・6～8　米高速空母機動部隊（空母一六基幹）パラオ諸島のわが飛行場、防禦《ぼうぎょ》陣地を爆撃。
9・15　米海兵第一師団ペリリューに上陸。
10・12～15　台湾沖航空戦。
米高速空母機動部隊（空母一七、戦五、巡一四、駆五八）沖縄、琉球列島所在のわが艦船、海岸施設を爆撃。わが出動機数六四八機、別に基地航空隊二五七機。米空母二、重巡一、巡三、駆二損傷。
10・18　リンガ泊地出撃。捷一号作戦発動。

19・10・20 ブルネー着。米陸軍部隊レイテに上陸。
神風特別攻撃隊（敷島、大和、朝日、山桜隊）編成。
10・22 ブルネー出撃。
比島沖海戦参加。
10・23〜26 比島沖海戦。
米軍レイテ上陸阻止のため出撃したわが第一遊撃部隊（指揮官栗田健男海軍中将、戦七、重巡一一、巡二、駆一九）、第二遊撃部隊（指揮官志摩清英海軍中将、重巡二、巡一、駆四）と米航空部隊、水上部隊と交戦。
わが機動部隊本隊（指揮官小沢治三郎海軍中将、空母四、戦二、巡三、駆六）と米第三艦隊（空母五、軽空母五、重巡二、巡七、駆四四）と交戦。わが戦艦武蔵、山城、扶桑、重巡摩耶、愛宕、鳥海、鈴谷、筑摩、最上、巡四、空母瑞鶴、千歳、千代田、瑞鳳、巡四、駆一二沈没。米軽空母三、駆二沈没、護衛空母七、駆五損傷。
10・28 ブルネー着。
11・8 ブルネー出撃。
レイテ輸送作戦支援。
11・11 ブルネー着。
11・16 内海西部に向けブルネー発。

11・21　戦艦金剛、台湾北西方にて米潜水艦の雷撃を受け沈没。
19・11・23　**柱島着、柱島発、呉着。**
11・24　**入渠。**
マリアナ基地の米陸軍飛行機、東京空襲開始。
ペリリュー陥落。
12・20　レイテ島わが軍組織的抵抗止む。
20・1・3　**出渠。**
2・19　米軍硫黄島に上陸。
3・16　米軍硫黄島完全占領、わが守備軍玉砕。
3・19　**広島湾にて米艦上機と交戦。**
米高速空母機動部隊、呉、神戸の在泊艦船爆撃。
3・26　米陸軍部隊、沖縄・慶良間列島に上陸。
3・29　**呉発、内海西部**（三田尻沖）**着、出撃待機。**
4・1　米海兵隊、陸軍部隊、沖縄に上陸。
4・5　菊水一号作戦六日発動を下令。
4・6　**内海西部出撃**（菊水一号作戦）。
沖縄方面米艦艇に対し特攻攻撃実施（6・7まで十一回におよぶ）。わが第二艦隊（指揮官伊藤整一海軍中将、戦艦大和、巡洋艦矢矧、駆八）特攻出撃。

4・7　参加出撃機六九九機（特攻機三五五機）、米駆三沈没、戦一、空母一、巡一、駆一五損傷。
米航空隊機と交戦、一四時二五分沈没。
わが第二艦隊に対し米高速空母部隊航空隊が攻撃（出動機数三八六＝戦闘機一八〇、爆撃機七五、雷撃機一三一）。わが戦艦大和、巡洋艦矢矧、駆四沈没。わが特攻機により米空母一、戦一、駆二損傷。
20・5・7　ドイツ無条件降伏。
5・24　義烈空挺隊、沖縄飛行場に強行着陸
5・25　B29約二九〇機、東京空襲。
5・29　B29約六〇〇機、横浜空襲。
6・1　B29約四〇〇機、大阪空襲。
6・21　沖縄陥落。
6・22　呉軍港大空襲。
7・24　米高速空母機動部隊、呉軍港、名古屋、大阪、美保の飛行場を空襲。わが戦艦日向、伊勢、榛名、空母天城、海鷹、重巡青葉、巡一沈没。
7・28　米高速空母機動部隊、呉軍港、名古屋より北九州にいたる各地空襲。わが重巡利根、巡二、駆一沈没。
8・6　米、原子爆弾を広島に投下。

8・9　米、原子爆弾を長崎に投下。
ソ連対日宣戦布告。
8・14　日本、ポツダム宣言の条項受諾、降伏に同意。
終戦詔勅渙発《かんぱつ》。
8・15　戦争状態終結。
9・2　日本の降伏文書、東京湾在泊の米戦艦ミズーリ艦上において調印。

あとがき

戦後、「大和」をはじめとする沖縄水上特攻について――いや、世界最強の巨艦「大和」が戦争末期まで健在で、最後にただ〝帝国海軍の栄光〟を千載に残す精神的な役割りしか果たし得なかったことに関し、いろいろな批判を聞く。世界の三大無用の長物は「万里の長城、ピラミッド、大和」という話さえもある。しかし、「大和」建艦は大艦巨砲主義の当時としては当然であったろうし、日本の造船技術の見事な結実でもあった。

問題はその活用であった。いまさらいうのはグチになるが、首脳部の勝って驕《おご》らず謙虚にして真摯《しんし》なる兵術の研究と、事に当たって即応する深謀明断の指導力がほしかった、とはわたくしも思う。

「大和」の活用をめぐっての是非が論ぜられるにつけ、いちばん気になるのは、特攻出撃に際会し、奮起一番祖国のため、ただ黙々と死地へおもむいた「大和」三千余名の乗り組み員の輝かしい功績まで傷つけられるおそれのあることである。

沖縄特攻出撃の命令は、日時、コースまで指定されており、伊藤第二艦隊司令長官でさえ指揮権はなかったと同然、有賀艦長以下われわれ「大和」乗り組み員にいたっては――

当時のこととして当然であったかも知れないが――命令を忠実に守る以外、なすすべを知らなかった。悟り切った人は別として、心のなかで親兄弟、妻子を想い、確実にやってくる死と相対して、ただ天に向かって慟哭《どうこく》するのみ、というのが多くの人の真の姿であったろう。しかし、戦闘に当たっては全員一致協力、平素の訓練通り自己の職分に最善を尽くして倒れたのであった。

「大和」出撃の作戦とは別に、乗り組み員全員かく闘《たたか》えりという正しい記録を書き残さねばいけない、それが生き残ったわたくしの義務だと痛感、戦後の生活と闘いながら書きためたのが、この手記である。

しかし、書いてみると軍艦では配置がまちまちに分在していて、全般を見渡すわけにはいかず、わたくしは特に戦闘開始後、狭い防禦《ぼうぎょ》指揮所で過ごしたため、計器、電話その他による連絡通報、音などを通じて外部の状況を推察するに過ぎなかった。その後いろいろ確かめたり裏づけを加えたりしたものの、なかなか総合的な出撃記録とはならず、書けば書くほどわたくしが恐れる〝わたくし自身の記録〟に陥ってしまって、筆もにぶりがちだった。しかし、考えようによっては、自分のことが一番正しい事実、記録になると思い、あえて出版に踏み切った次第である。

心苦しく思うのは、文中に名前をあげてその戦闘ぶりを書くことのできた人の数が、きわめて少ないことである。他のご遺族には申しわけないが、戦死者全員が、いや生存者も同じように勇ましく闘い、職務に忠実であったとお伝えし、読者のみなさんもそれを含んで読んでいただければ幸いである。

厚生省援護局のご厚意で、「大和」戦死者および生存者の名簿を登載できた。しかし「大和」沈没が終戦直前だったせいもあって芳名漏れが多く、また姓名、階級、職名などかなり誤りがあると考える。お気づきの点をご指摘いただけたらありがたい。なお戦死者の階級は特進後のものである〔編集部註／文庫化にあたり割愛しました〕。

この手記を書くに当たり、元海軍技術大佐松本喜太郎、同少佐福井静夫の両氏から技術関係のご指示、資料の提供をいただいた。また故伊藤正徳氏の「大海軍を想う」、吉村昭氏の「戦艦武蔵」などの著書を参考にさせていただいた。厚く御礼申し上げる。

元文部大臣灘尾弘吉氏ほか、旧海軍関係の新田善三郎氏、大谷夫左二氏その他多数の方から鄭《てい》重《ちょう》なる賛文をいただいたが掲載できなかった。ここにお礼かたがた、深くおわびする。

なお、本書を出版するについては読売新聞社、とくに図書編集部の鈴木敏夫部長をはじめ、まとめ役を買っていただいた藤井正弘氏、および社会部谷崎龍平氏に感謝の意を表する。

昭和四十二年七月　　　　　　　　　　　　　能村次郎

解　説

戸高一成

昭和二〇年四月七日、沖縄を目指す途中、米軍機の攻撃で爆沈した戦艦大和には、三三三二名の兵士が乗艦していたが、最終的に救助されたのは、乗員三三三二名中僅《わず》か二六九名に過ぎなかった。著者能村次郎《のむらじろう》氏は戦艦大和副長として主に大和艦橋下部の防御指揮所にあって、大和の被害対策の指揮を執っていた。そして、最後の瞬間には艦橋にあって大和の最後の瞬間に立ち会い、奇跡的な生還を果たしたのである。

本書は昭和四二年に読売新聞社から出版され、その後長く再刊の機会を持たなかったが、今回中公文庫によって、広く読まれる機会を得たことは意義あることと思われる。

能村氏は海軍兵学校五〇期、終戦時大佐であった。元来砲術の専門家であって、昭和一九年三月一五日に、砲術学校教官から大和砲術長として着任したが、副長が欠員だったために臨時に副長を兼務することとなった。昭和二〇年三月一〇日に後任の砲術長として黒田吉郎氏が着任したのと同時に兼務が解かれて正式に副長となった。つまり、能村氏は、戦艦大和の参加したマリアナ沖海戦、レイテ沖海戦、そして最後の大和特攻に、砲術長、次いで副長として参加して、その戦いを全て目にしてきた貴重な体験者なのである。能村氏は、直接的な戦闘の無かったマリアナ沖海戦を省略し、最後の出撃となった大和特攻作戦の状況を描き、後半にレイテ沖海戦を書いている。これは、能村氏の思いの深さでもあるのであろう。

副長という配置は、海軍の規定である「艦船職員服務規程」に、副長は艦長の分身にして艦務百般のことに関し艦長を補佐し、常に艦長の意図希望を体認してこれが達成に努め……とあるように、艦内全般を最も把握している立場なのである。そして、戦闘配置は、艦長が艦橋にあって戦闘の指揮を執る間、防御指揮所で、艦の防御指揮を執ることとなっていた。日本海軍でいう防御は、応急とも言い、いわゆるダメージコントロールを意味し、戦闘による火災、浸水に対して、速やかな対応を行う部署である。

能村氏の配置先である防御指揮所は、大和艦橋の下部司令塔内にあり、特に強固な甲鈑で守られている区画である。

戦艦大和にあって、その防御力に関しては大和自身の搭載する四六センチ砲弾の直撃に耐えるとされているために、乗員には絶対の信頼がある上に、更に応急対策も十分に研究されていた。しかし、戦艦大和の防御思想は、船を沈めないことよりも、船を水平に保つことが優先されていたのである。これが、大和最後の戦いでの乗員を犠牲にすることを覚悟の上の凄惨な対応を引き起こす遠因ともなっていた。

さて、能村氏が書き残した戦艦大和の沖縄特攻であるが、この戦艦大和を旗艦とした第二艦隊の特攻作戦の決定経緯に関してははなはだ曖昧な印象を受ける。元来、大和の沖縄特攻作戦は、天一号作戦の一環として実施されたもので、これは本土決戦を意図した決号作戦の準備として沖縄方面防衛作戦として立案された。四月一日の米軍沖縄上陸後の作戦を、特に菊水作戦と呼称した。

連合艦隊司令部としては、既に水上艦隊の作戦が実施できるような状況ではないことを理解してはいたが、戦艦大和以下の残存艦隊をそのまま温存することも難しく、連合艦隊司令部内でも、大和以下の残存艦艇の全力で艦隊特攻として突入作戦を実施すべきと言う強硬な神重徳《かみしげのり》参謀の意見と、まだその時期ではないとする草鹿龍之介《くさかりゅうのすけ》参謀長の意見は対立した状態だったが、ついに米軍の沖縄上陸を見て、豊田副武《とよだそえむ》連合艦隊司令長官は最後の艦隊特攻を決意するに至ったものである。

もっともこの決定にはややトリックがある。艦隊特攻慎重派であった草鹿参謀長が大分の第五航空艦隊に出張中に決定してしまったのである。電話で特攻作戦を知らされ、「参謀長のご意見はいかがですか」と聞かれた草鹿は「長官の決済を取ってしまってから、参謀長のご意見はいかがですかもないものだ」と憤懣《ふんまん》やるかたない思いであった。同時に神参謀が押し切ったのだな、と思っていた。その上、出撃準備中の大和に、草鹿参謀長が直接命令を伝えて欲しいといわれ、四月六日、水上偵察機に三上作夫《みかみさくお》参謀と同乗して、徳山沖で出撃待機中の大和に向かうことになった。草鹿参謀長は、「はなはだ嫌な役目」と思っていた。

当初、第二艦隊司令長官伊藤整一《いとうせいいち》中将は特攻に反対で、無意味に敵に名を成さしめるのみと、硬く特攻を拒んでいたが、連合艦隊司令部の説得で、出撃を受け入れたのである。連合艦隊司令部が実施を決意した作戦ならば、単に命令を出せばよいと思う向きもあるが、連合艦隊の出す命令と言うのは、基本的に目的を示したものであり、手段は、作戦を行なう艦隊側での判断で決定するのが通常なのである。つまり、連合艦隊としては、沖縄に来襲する敵艦隊を撃破せよ、というのが命令の骨子であり、第二艦隊は、この命令に対してどのような作戦で連合艦隊の命令を実施するかを考えるのである。そのために第二艦隊にも幕僚が揃っている。

現実に、捷《しょう》一号作戦の折、特攻作戦を実施していた大西瀧治郎《おおにしたきじろう》第一航空艦隊司令長官は、福留繁《ふくとめしげる》第二航空艦隊司令長官に、特攻実施を迫るが、福留長官は、自分の部隊は通常攻撃を行う、として特攻を拒否している。結果として通常攻撃は完全な失敗に終わり、福留長官も残存兵力で特攻作戦を実施するのだが、この例でわかるように、現場でどのような作戦をとるかは、艦隊長官の権限なのである。

しかし、大和特攻では、連合艦隊としては、国内的な海軍の立場などから、是非特攻作戦でやってもらいたいという意識が強かったために、強いて特攻作戦にこだわったと見るべきなのであろう。であるからこそ、懇願と言っても良いほどの説得をおこなったのであろう。

当時伊藤長官の副官であった石田恒夫氏から、筆者は沖縄特攻前後の話を聞いたが、終始特攻反対であった長官であったが、ある日大和の艦橋トップで二人だけになった時に、ぽつりと「息子も特攻だろうし、もう生きていても良いことは無いね」と漏らしたと話された。伊藤長官の長男叡《あきら》氏は、兵学校七二期で、当時零戦搭乗員として沖縄戦に参加しており、伊藤長官戦死後の四月二八日、特攻隊ではなく特攻機の直掩機《ちょくえんき》として出撃し、沖縄方面で戦死している。伊藤長官の特攻反対の緊張も、どこかで切れたのかもしれない。

伊藤長官を説得した草鹿参謀長の最後の言葉は、一億総特攻の魁《さきがけ》になってもらいたい、というものであり、伊藤長官は、それなら分かった、と了解した。そこで、草鹿参謀長は集合していた第二艦隊幹部の前で、連合艦隊の命令を読み上げたのである。

皇国の興廃は正《まさ》に此《こ》の一挙にあり　茲《ここ》に海上特攻隊を編成し光輝ある帝国海軍海上部隊の伝統を発揮すると共に其《そ》の栄光を後昆《こうこん》に伝えんとするに外《ほか》ならず
各隊は其の特攻隊たると否とを問はず愈々《いよいよ》殊死《しゅし》奮戦敵艦隊を随所に殲滅《せんめつ》し以《もっ》て皇国

無窮《むきゅう》の礎《いしずえ》を確立すべし

驚くべき文章と言うしかない。ここでは戦艦大和以下一〇隻六〇〇〇名を超える将兵の生命は、何のために死地に投じられたのか、帝国海軍の栄光を後世に伝えるためだ、というのである。国のため、は最後に付け加えられているのみである。筆者は、明治以来の日本海軍の歴史について、個人的には少なからぬ共感を持っているが、この命令文には怒りを覚えるのみである。日本海軍は何のために有ったのか、海軍最後の艦隊作戦の目的が、日本国のためではなく、海軍の栄光、面子《めんつ》のためだというのである。日本海軍は、この時すでに、艦隊ばかりではなく、国防組織としての理性をも失っていたというほかない。ここにあるのは、既に敗れ破綻した海軍の姿である。

草鹿参謀長も、言うに言葉なく、下を向いて小声での挨拶であったため、列の後ろにいた能村氏には十分に聞き取れなかったという。

このような命令の下、第二艦隊内部での甲論乙駁《こうろんおつばく》は一擲《いってき》されて、それぞれの艦に戻り、出撃に備えた。

数日遡《さかのぼ》るが、呉を出港する際に、大和では、恐らく最後の出撃になるかもしれないとして、交代で全乗員に最後の上陸が許された。能村氏はいくつものエピソードを紹介しているが、筆者も、大和の主砲発射のために艦橋最上部に装備された一五メートル測距儀《そっきょぎ》に配置されていた石田直義氏に、最後の帰宅の様子を伺う機会があったが、石田氏は、「実は、この時初めて生まれたばかりの子供を見ました。恐らく帰れないとは家内には一言も言えずに、帰艦時間が迫り家族との別れを惜しみながら家を出ました、家を振り返ると何とも言えない離れがたい気持ちになり、家族に気付かれないように、静かに家を一回りし、もう一回りし、とうとう三度家の周りをまわってから大和に帰りました。」と話された。

　多くの乗員にとって、文字通り最後の帰宅だったのである。

　同じころ、少尉候補生として実習中の海軍兵学校七四期生及び、病人、老齢の補充兵など数十人が退艦させられた。候補生は、大和に横付けした駆逐艦に渡した竹竿《たけざお》を伝《つた》って退艦していった。

　こうして出撃を決めた大和は、最後の燃料補給を行った。能村氏は、大和の持つ燃料は片道分、生還を全く計算に入れていない特攻出撃である、と記述しているが、現実には、燃料は沖縄往復に十分な量が搭載されていた。連合艦隊でも片道燃料を命じていたが、小《こ》林《ばやし》儀作《ぎさく》連合艦隊機関参謀が呉に出向いた際、島田藤次郎呉軍需部長と相談のうえで、重油タンクの底に残っている簿外、すなわち帳簿に記帳された以外の余分な燃料をすべて積み込んだのである。小林氏は、連合艦隊には、大和の燃料の搭載終了とのみ報告したために、連合艦隊では最後まで、大和は片道燃料で出撃したと信じていた。

四月六日、大和が動き出した時、上空を零式観測機がゆっくりと旋回して、この出撃を見送っていた。操縦者は岩佐二郎中尉、大和の弾着観測機の操縦員としてレイテ沖海戦を戦い、呉に帰投後、大和は飛行機を連絡用の一機を残して全て下ろしてしまったために退艦していたが、この出撃の際機上より見送ることが出来た。

大和の最後の姿は、木甲板は黒く塗られ、甲板上に増設された機銃は土嚢《どのう》で囲まれていた。艦尾の巨大なアンテナ支柱は、射撃の邪魔になるということで既に撤去されていた。

翌七日正午過ぎに米軍機に接触されたのち、大和と米軍攻撃機の戦いが始まる。出撃前に予想されたように一方的な戦闘により、たちまち大和は損害を被り、浸水、火災が始まる。一二時三七分、最初の命中弾を後部艦橋に受けた、ここには副砲予備指揮所があり、吉田満氏の『戦艦大和の最期』で、「進歩の無い者は決して勝たない　負けて目覚めることが最上の道だ……日本の新生に先駆けて散る　まさに本望じゃないか」との言葉を残した臼淵《うすぶち》磐《いわお》大尉がここで戦死している。筆者は臼淵氏の直属上司であった、大和副砲長の清水《しみず》芳人《よしと》氏に、臼淵氏は日ごろあのようなことを言っていたのですか、と聞いたことがある。清水氏は、「あのような意味のことは時折言っていましたね。」と話してくれた。ちなみに、筆者は、吉田満氏にも直接話を聞く機会があったが、吉田氏は、言葉少なに「私はあまりお役に立っていないから、話すことはあまりないです」と、多くを語らなかった。

この後、次々に重なる被害で、大和艦内は火災と浸水の対応に追われることになる。能村氏は防御指揮所で必死の応急処置を行うが、米軍機の攻撃は左舷《ひだりげん》に集中し、大和は徐々に左に傾斜し始める、これに対して、能村氏の指示で右舷《みぎげん》のタンクに注水して傾斜を復旧させる。軍艦にとって傾斜は何よりも避けなければならない。それは、傾斜によって主砲や高角砲が射撃できなくなるからである。

大和は傾斜五度を超えると主砲の発射が出来なくなる。何としてもこの傾斜以下にしなければ、戦力が失われ、大和自体の存在理由が無くなるのである。日本の軍艦の基本的な設計は、たとえ沈没が早まることになっても、一分でも長く戦闘を継続させることが目的である。浸水の際の傾斜の回復のためには、本来ならば排水して傾斜を直すべきところを、浸水しつつある船体に、更に海水を入れて傾斜を回復するという、浮力維持の考えを無視した設計になっている。これは、日本海軍の基本戦略にかかわることで、ここでは説明を省くが、日本の軍艦の特色といって良い。

午後二時には、ついに注水タンクが満水し、傾斜回復のために右舷機械室と罐室に注水することを決断し、機関科員の即時退避を命じ、同時に乗員の脱出を待たずに注水を始める。能村氏は、

「注水した罐室、機械室は、注水速度から考え四、五分で満水したことと思われる。

一方、機械室で、いちばん出口に遠い持ち場の者が、機械の横をすり抜け、下をくぐり抜けて出口にたどりつき、中甲板に出るまでに三分。罐室は比較的退避しやすいが出入り口がせまいうえ一個所しかないので、やはり最後の兵が退避するまで三分ぐらいはかかったであろう。しかし機械室、罐室勤務員には負傷者もなかったから、いずれにしても各室が満水する前に在室員全員が退避できたはずである」

と記しているが、これは能村氏自身の自身に対する言い訳なのである。現実には、警報と同時に急速に注水される機械室、缶室では、ほとんど脱出のチャンスはない。このように、脱出できたはずであると書かなければいられなかったのは、能村氏の心の苦悩の表れなのである。しかも、その犠牲を覚悟の注水も、ほとんど効果はないままに、傾斜は増加してゆく。

ついに能村氏は、「注排水指揮所も破壊し、傾斜復元の手段は尽きました……総員を最上甲板に上げて下さい」、と有賀艦長に告げ、有賀艦長から総員最上甲板、の命令が発せられた。有賀艦長は体を船体に縛り付け、大和と共に沈むことを選んでいる。よく艦長は艦と運命を共にするのが習い、と思っている人がいるが、日本の海軍にはそのようなことは無い。「艦船職員服務規程」において、艦長の義務としては、第三三条に、艦長は其の艦遭難に際し之を救護するの術全く尽きたるときは　御写真を守護し乗員の生命を救助し且重要なる種類物件等を保護して最後に退艦すべし――とあるのみである。

ただ、艦と運命を共にした艦長に対して、ことさら称揚《しょうよう》美化される傾向があり、かつ、太平洋戦争初期において、艦の沈没に際して救助されて生還した艦長が、人事的に冷遇される例が多く、このために、明らかに助かるケースでも、生きて帰って酷い目にあわされるくらいなら、と死を選ぶ艦長が少なくなかった。特に消耗品ともいわれた駆逐艦の艦長などが潔《いさぎよ》く死んでしまうために、海軍では危機感を感じて、昭和一八年頃にはわざわざ、できる限り生還の努力をするようにと通達を出したほどだった。一人前の艦長になるには二〇年近い教育と経験が必要であることを思えば当然のことと言うしかない。しかし、こと戦艦大和に関しては、有賀艦長は通常の軍艦とは比較にならない責任を感じていたのであろう。

伊藤整一第二艦隊司令長官は、周囲に後事を託したのち、傾いた艦橋を降りて私室に向かった。石田副官は伊藤長官が私室の内側から、カチリと鍵をかけたのを見届けて、傾斜が九〇度に近く、ほとんど床となった艦橋の壁を伝って脱出した、と筆者に話してくれた。

戦艦大和は爆沈し、第二艦隊の、艦隊特攻作戦は失敗に終わり、多くの犠牲者のみ出して作戦は中止された。この日四月七日は、鈴木貫太郎《すずきかんたろう》内閣の組閣当日であった。終戦達成の決意を秘めて首相となった鈴木貫太郎が、組閣後首相として最初に受けた報告は、大和沈没であった。この知らせを届けたのは、迫水久常《さこみずひさつね》内閣書記官長で、迫水氏は、戦後たびたびこのことに触れて、鈴木首相は、大和沈没の知らせを受けて、終戦への覚悟を一層固めたと思います、と語っている。あるいは、これが戦艦大和の戦死者の果たした最後の功績であったのかもしれない。

戦艦大和に関する図書は極めて多く、直接体験者による記録も少なくない。しかし、本書は、戦艦大和特攻から生還した生存者の中で最先任者の記録であり、僅かに勘違いなどと思われる箇所もあるが、戦艦大和の最期の戦いを知る上で極めて貴重な証言であるといえる。

（呉市海事歴史科学館館長）

『慟哭の海　戦艦大和死闘の記録』一九六七年八月　読売新聞社刊

中公文庫

慟哭《どうこく》の海《うみ》
——戦艦《せんかん》大和《やまと》死闘《しとう》の記録《きろく》

2017年4月25日　初版発行

著　者　能《の》村《むら》 次《じ》郎《ろう》

発行者　大橋 善光

発行所　中央公論新社
〒100-8152　東京都千代田区大手町1-7-1
電話　販売 03-5299-1730　編集 03-5299-1890
URL http://www.chuko.co.jp/

DTP　嵐下英治
印　刷　三晃印刷
製　本　小泉製本

Published by CHUOKORON-SHINSHA, INC.
Printed in Japan　ISBN978-4-12-206400-3 C1121

中公文庫既刊より

各書目の下段の数字はISBNコードです。978－4－12が省略してあります。

あ-13-3
高松宮と海軍
阿川弘之
「高松宮日記」の発見から刊行までの劇的な経過を明かし、第一級資料のみが持つ迫力を伝える。時代と背景を解説する「海軍を語る」を併録。
203391-7

い-61-2
最終戦争論
石原莞爾
戦争術発達の極点に絶対平和が到来する。戦史研究と日蓮信仰を背景にした石原莞爾の特異な予見は、日本を満州事変へと駆り立てた。〈解説〉松本健一
203898-1

い-61-3
戦争史大観
石原莞爾
使命感過多なナショナリストの魂と冷徹なリアリストの眼をもつ石原莞爾。真骨頂を示す軍事学論・戦争史観・思索史的自叙伝を収録。〈解説〉佐高　信
204013-7

い-123-1
獄中手記
磯部浅一
「陛下何という御失政でありますか」。貧富の格差に憤り国家改造を目指して蹶起した二・二六事件の主謀者が綴った叫び。未刊行史料収録。〈解説〉筒井清忠
206230-6

い-108-1
昭和16年夏の敗戦
猪瀬直樹
開戦直前の夏、若手エリートで構成された模擬内閣が出した結論は〈日本必敗〉だった。だが……。知られざる秘話から日本の意思決定のあり様を探る。
205330-4

い-108-4
天皇の影法師
猪瀬直樹
天皇崩御そして代替わり。その時何が起こるのか。天皇という日本独自のシステムを〈元号〉を突破口に徹底取材。著者の処女作、待望の復刊。〈解説〉網野善彦
205631-2

お-19-2
岡田啓介回顧録
岡田啓介
岡田貞寛 編
日清・日露戦争に従軍し、条約派として軍縮を推進、二・二六事件で襲撃され、戦争末期に和平工作に従事した海軍高官が語る大日本帝国の興亡。〈解説〉戸高一成
206074-6

き-43-1
ノモンハン　元満州国外交官の証言
北川四郎
満州国とモンゴルの国境をめぐり日ソ両軍が激突、双方2万前後の死傷者を出したノモンハン事件を、戦後の国境線画定交渉に参加した著者が綴る。〈解説〉田中克彦
206145-3

き-45-1
側近日誌　侍従次長が見た終戦直後の天皇
木下道雄
高橋紘 編
敗戦という未曽有の非常事態に直面し、日本人の行く末と皇室生き残りを念じて、自ら行動した昭和天皇の「肉声」を綴った侍従次長の貴重な記録。
206368-6

し-31-5
海軍随筆
獅子文六
海軍兵学校や予科練などを訪れ、生徒や士官の人柄に触れ、共感をこめて歴史を繙く「海軍」秘話の数々。小説『海軍』につづく渾身の随筆集。〈解説〉川村湊
206000-5

た-88-1
海軍戦略家キングと太平洋戦争
谷《たに》光《みつ》太郎
合衆国艦隊司令長官兼海軍作戦部長としてニミッツやハルゼーを指揮下に戦争を指導、知られざる人物像と戦略哲学、米海軍内部の確執を描く決定版評伝。
206129-3

た-73-1
沖縄の島守　内務官僚かく戦えり
田村洋三
四人に一人が死んだ沖縄戦。県民の犠牲を最小限に止めるべく命がけで戦い殉職し、今もなお「島守の神」として尊敬される二人の官僚がいた。〈解説〉湯川豊
204714-3

た-73-2
彷徨える英霊たち　戦争の怪異譚
田村洋三
海外で戦死した日本軍人・軍属約二三〇万人のうち、半数近くが帰国できていない。祖国への帰還を果たせなかった魂たちが愛する家族に届けた五〇の「英霊の声」。
206149-1

た-73-3
特攻に殉ず　地方気象台の沖縄戦
田村洋三
航空特攻作戦という「邪道の用兵」を、米軍の猛攻にさらされつつ、的確な気象情報提供で黙々とアシストした沖縄地方気象台職員たち。厳粛な人間ドラマ。
206267-2

と-28-1
夢声戦争日記 抄　敗戦の記
徳川夢声
活動写真弁士を皮切りに漫談家、俳優としてテレビ・ラジオで活躍したマルチ人間、徳川夢声が太平洋戦争中に綴った貴重な日録。〈解説〉水木しげる
203921-6

コード	タイトル	サブタイトル	著者	内容	ISBN
と-28-2	夢声戦中日記		徳川 夢声	花形弁士から映画俳優に転じ、子役時代の高峰秀子らと共演した名優が、真珠湾攻撃から東京大空襲に到る三年半の日々を克明に綴った記録。〈解説〉濱田研吾	206154-5
と-18-1	失敗の本質	日本軍の組織論的研究	戸部良一／寺本義也／鎌田伸一／杉之尾孝生／村井友秀／野中郁次郎	大東亜戦争での諸作戦の失敗を、組織としての日本軍の失敗ととらえ直し、これを現代の組織一般にとっての教訓とした本邦初めての社会科学的分析。	201833-4
S-25-1	シリーズ日本の近代 逆説の軍隊		戸部 良一	近代国家においてもっとも合理的・機能的な組織であるはずの軍隊が、日本ではなぜ〈反近代の権化〉となったのか。その変容過程を解明する。	205672-5
ま-11-4	上海時代（上）	ジャーナリストの回想	松本 重治	満州事変、第一次上海事変の後、中国の抗日活動が盛んになる最中、聯合通信支局長として上海に渡った著者が、取材報道のかたわら和平実現に尽力した記録。	206132-3
ま-11-5	上海時代（下）	ジャーナリストの回想	松本 重治	抗日テロが相次ぐなか、西安事件を経て、ついに盧溝橋で日中両軍が衝突。両国の和平への努力にも拘わらず戦火は拡大していく。〈解説〉加藤陽子	206133-0
や-59-1	沖縄決戦	高級参謀の手記	八原 博通	戦没者は軍人・民間人合わせて約20万人。壮絶な沖縄戦の全貌を、第三十二軍司令部唯一の生き残りである著者が余さず綴った渾身の記録。〈解説〉戸部良一	206118-7
ハ-16-1	ハル回顧録		コーデル・ハル 宮地健次郎訳	日本に対米開戦を決意させたハル・ノートで知られ、「国際連合の父」としてノーベル平和賞を受賞した外交官が綴る国際政治の舞台裏。〈解説〉須藤眞志	206045-6
マ-13-1	マッカーサー大戦回顧録		マッカーサー 津島一夫訳	日米開戦、屈辱的なフィリピン撤退、反攻、そして日本占領へ。「青い目の将軍」として君臨した一軍人が回想する「日本」と戦った十年間。〈解説〉増田 弘	205977-1

各書目の下段の数字はISBNコードです。978‐4‐12が省略してあります。